HELGE
LAND

NORDMEER

TRÖNDELAG

Trondheim
Fjord

NORWEGEN

SCHWEDEN

VEST
FOLD

HARDANGER

VINGULMARK

Kap
Lindesnäs

* Soteníset

RANRIKE

GÖTLAND

WARÄGISCHES MEER

DÄNEMARK

SUND

Bornholm

Wollin

Haithabu

Usedom

Hamma
burg

*Rostock

* Joms
burg

POLNISCHES
REICH

* Bremen

Elbe

Stettin *

Oder

* Posen

DEUTSCHES
REICH

* Gnesen

Buch

„Wikingerwelten Band II" ist die Fortsetzung einer Sammlung von historischen Begebenheiten und bedeutenden Ereignissen aus der Welt der Wikinger, die durch die Phantasie des Autors noch einmal zum Leben erweckt werden.

Erzählt wird die Geschichte einer Fehde zweier Sippen in Dänemark, von einem frechen Skalden am Hofe des Norwegerkönigs, von der schönen Schwedin Sigrid und dem unglücklichen Harald Gudrödsson und auch von der Leichenfeier eines Warägerkönigs. Die Geschichte der Vinlandfahrten des Thorfinn Karlsefni Thordarsson und der Freydis Eriksdottir, sowie von dem Riesen Loki, der in Asgard unter den Göttern lebte.

Der Autor

Rainer W. Grimm wurde 1964 in Gelsenkirchen geboren und lebt auch heute noch mit seiner Familie und seinen beiden Katzen im Ruhrgebiet. Erst mit fünfunddreißig Jahren entdeckte der gelernte Handwerker die Liebe zur Schriftstellerei.
Als unabhängiger Autor veröffentlicht er seitdem seine Bücher. Mit den beiden Bänden der Saga von Sigurd Svensson sowie den drei Bänden der Saga von Erik Sigurdsson erschien seine große Wikingersaga. Des Weiteren veröffentlichte der Autor den Roman „Pakt der Barbaren" und bisher drei Bände der Kurzgeschichtensammlung „Wikingerwelten".
Mit dem Wikingerroman „Der Skalde" und dem zweiten Band „Odins Wille" schrieb er eine weitere Wikingersaga.

Rainer W. Grimm

*

Wikingerwelten
Band II

Historische Begebenheiten und bedeutende
Ereignisse aus der Welt der Wikinger

Bibliografische Information Der Deutschen Bibliothek:
Die Deutsche Bibliothek verzeichnet diese Publikation in der
Deutschen Nationalbibliografie; detaillierte bibliografische Daten
sind im Internet über http://dnb.ddb.de *abrufbar.*

Herstellung und Verlag: Books on Demand GmbH,
Norderstedt
Titelgestaltung, Layout: Bod, RWG
ISBN: 978-3-7392-0533-5

Inhaltsverzeichnis

1. Ein dänischer Zwist

Im warägischen[1] Meer, nicht weit der Küste Götlands gelegen, lebte und herrschte ein Jarl[2] namens Veseti mit seiner Sippe auf der Insel Bornholm. Er war ohne Zweifel ein reicher Mann und zählte mehrere Höfe auf der Insel zu seinem Besitz. Viele Menschen in den Dörfern und viele Bauern waren ihm untertan und abgabepflichtig. Jarl Veseti hatte ein Weib namens Hildigunn, und diese gebar ihm drei Kinder. Der älteste Sohn hieß Bui und wurde der Dicke genannt, der andere hörte auf den Namen Sigurd.
Und eine Tochter hatten sie, Thorgunn geheißen.
Jarl Veseti war ein glühender Asenanbeter[3] und stand daher bei dem neuen Dänenkönig Sven Gabelbart in hohem Ansehen. Die Gesinnung des Jarls von Bornholm gegenüber dem früheren König Harald Blauzahn war sehr abweisend und unfreundlich gewesen, seit dieser dem Christengott huldigte. Und Jarl Veseti war heilfroh, dass nun in Dänemark, nachdem Sven seinen Vater Harald vom Thron gestürzt hatte, wieder ein König regierte, der den alten Göttern opferte.

Thorgunn, das junge Weib, wurde vermählt mit Aki, dem Sohn des Jarls der berühmten Jomsburg[4] und kein geringerer als Sven, der König der Dänen, der dem jungen Aki wie ein Stiefbruder war, warb für den Burschen von Fünen bei Jarl

---

[1] Warägisches Meer - Ostsee
[2] Jarl – nordischer Adliger, Graf, daher das englische Wort Earl
[3] Asen – eines von zwei Göttergeschlechtern, mit Odin als oberstem Gott
[4] Jomsburg – gefürchtete Wikingerfestung in Pommern, an der Mündung der Oder

Veseti um die Hand der schönen Tochter. Der Bornholmer zeigte sich geehrt, denn ein Schwiegersohn, der die Gunst eines Königs hatte, war ihm sehr recht, und so willigte er freudig ein.

Der Sohn des Jarl Palnatoki von Fünen und die Tochter des Jarls von Bornholm hielten bald darauf Hochzeit, und es dauerte nicht lang, da gebar Thorgunn einen Sohn. Doch es zeigte sich bald, dass der Knabe mit Namen Vagn sehr ungestüm und von boshafter Art war. Er prügelte sich viel, zeigte sich ungehorsam und war der Mutter eine große Last. Aki schickte seinen Sohn früh vom Hof, so verbrachte er seine Jugend meist bei der Sippe seines Großvaters Veseti auf Bornholm, und nur selten war er auf Fünen im Haus seines Vaters. Vagn war ein gut aussehender Jüngling, war groß gewachsen und den Burschen seines Alters im Geiste weit voraus. Welches seine große Überheblichkeit noch steigerte.

Nur einer vermochte es, den Knaben zur Räson zu bringen, und das war Bui, der Bruder der Thorgunn. Er schlug dem Vagn hinter die Ohren, wenn es vonnöten war. Aber er lehrte den Neffen auch viel und behandelte ihn schon bald wie einen Mann. Bui war zwar nicht schön, und schweigsam war er noch dazu, aber er war stark und groß von Statur, wie ein Bär, und er hatte einen klugen Verstand. Sein Bruder Sigurd dagegen war ein schöner Mann mit langen, dichten Haaren von blonder Farbe und schönen blauen Augen. Auch er war kräftig gebaut und keineswegs dumm.

Zu jener Zeit herrschte ein Jarl Namens Harald auf der Insel Seeland. Und um allen zu zeigen, was für ein wohlhabender Mann er war, trug dieser Jarl einen Hut, der mit zehn Goldstücken besetzt war. Daher wurde er allerorts nur der Stutz – Harald genannt. Auch Jarl Harald besaß mehrere Höfe auf der Insel, und viele Bauern waren ihm zur Abgabe verpflichtet, sodass sich, obwohl auch König Sven im Herbst seinen Anteil forderte, Jahr für Jahr seine Schatztruhen ein wenig mehr füllten. Er bewohnte einen großen Hof mit dem schönsten Langhaus weit und breit. Sicherlich gab es auf Seeland nur ein schöneres Gebäude, und dies war die Königshalle des Sven Gabelbart in Roskilde.

Das Weib des Seelandjarls hieß Ingibjörg und war von sehr schöner Gestalt, schlank, wohlgeformt und von gutmütigem Wesen. Genauso wie ihre Tochter, die man Tova nannte. Seine Söhne Sigwaldi und Thorkel, der wegen seiner Größe den Beinamen der Hohe trug, waren kräftige Kerle und sehr angesehen bei allen Kriegern und Bauern auf Seeland. Sie waren beide kaum älter als zwanzig Winter und gingen gerne auf Raubfahrt, um sich Ruhm und Ehre zu erkämpfen.

*

Es lag schon einige Jahre zurück, zu der Zeit, als Harald Blauzahn über das Reich regierte. Da hatten die Dänen große Teile von Pommern unter ihre Herrschaft gebracht. Und um diesen Besitz zu halten, schickte der Dänenkönig den Jarl von Fünen mit Namen Palnatoki nach Pommern, dass er die Herrschaft dort gegen den König der Polen sichern sollte. Dieser Palnatoki kam von seinen Besitzungen in Wales, wo er mit der Tochter eines walisischen Jarls gut und reich verheiratet war. So hatte der fünische Großbauer selbst den Titel eines Jarls erhalten. Doch nun war ihm dort sein Weib gestorben, und dem Jarl war der Aufenthalt in Wales verleidet. Er übergab die Herrschaft dem treuen Björn, der der Waliser genannt wurde, und begab sich selbst zurück in seine Heimat nach Dänemark. Die Aufgabe des Königs erfüllte Jarl Palnatoki gern und gewissenhaft.

An der Mündung des Flusses Oder, in einem großen Haff im Gau Jom, stand eine alte pommersche Festung, die Jarl Palnatoki zu einer großen Burg ausbaute. Der Hafen war mit Mauern umgeben und reichte bis weit in das Haff hinaus, sodass dreihundert Schiffe darin ihren Platz fanden. Die große Hafendurchfahrt war mit einem eisernen Tor gesichert, das von zwei Wehrtürmen flankiert war.

Diese Burg wurde nun weithin die Jomsburg genannt, und schnell entstand zu ihren Füßen eine große Handelsstadt, die unter dem Schutz der Wikinger aufblühte. Mehr und mehr Krieger kamen, um sich dem Jomsburgjarl anzuschließen. Jarl Palnatoki stellte nun strenge Regeln auf, denen sich die Krieger zu unterwerfen hatten, und es entstand der Bund der Jomswikinger. Nur die besten Krieger wurden in der Festung im Gau Jom aufgenommen, und in jedem Sommer gingen sie auf Wikingfahrt und mehrten ihren Ruhm und Reichtum. Bald schon waren sie von dem König der Dänen unabhängig, blieben aber in seiner Gefolgschaft, da die meisten Jomswikinger dänischer Herkunft waren. Doch befehlen ließen sie sich von dem Herrscher nichts mehr.

*

Nun schrieben die christlichen Mönche das Jahr 987 n. Chr., und das Eis in den Fjorden war geschwunden, sodass die Schiffe wieder segeln konnten. Es war Frühling geworden, und der Schnee, der noch vor nicht allzu langer Zeit das Land bedeckte, hatte sich nun in die Höhen der Berge zurückgezogen. Auch die weiße Last vom Dach des Langhauses Jarl Haralds auf Seeland war geschmolzen.

„Wir haben entschieden, uns dem Jomsburgjarl anzuschließen", sprach Sigwaldi, als er und sein Bruder Thorkel vor den Hochstuhl des Stutz–Harald traten.

„Der Ruhm der Wikinger von Jom hallt weit durch den Norden, und es wäre sicherlich ein Gutes, für den Palnatoki zu kämpfen!"

„Wir wollen also den Hof verlassen und Jomswikinger werden", fügte Thorkel der Hohe hinzu. Da nickte ihr Vater wohlwollend. „Ja, ich glaube auch, dass es für meine Söhne an der Zeit ist, sich im Lande umzusehen! Es gibt noch kein Erbe zu verteilen, denn ich lebe sicher noch eine Weile", sprach Harald und kratzte sich kichernd seinen leicht ergrauten Bart. „Und drei Herren auf einem Hof, das geht selten gut!"

„Fahrt zur Jomsburg! Aber seid vorsichtig in eurem Handeln, denn König Sven ist nicht gut auf seinen Ziehvater, den Palnatoki, zu sprechen, seit dem Totenmahl für Harald Blauzahn!"

„Es wäre aber gut, würdest du uns Waffen und Nahrung für die Reise stellen", bat nun Sigwaldi seinen Vater. Da lachte der Stutz – Harald auf und schüttelte sich, dass die Brüder sich erstaunt ansahen. „Oh nein, mein Sohn!", rief der Jarl spöttisch aus. „So spielt die Flöte nicht! Geht mit leeren Händen oder lasst es!"

Da waren die Brüder nicht wenig überrascht und auch erbost. „So werden wir selbst für das Nötigste sorgen müssen", sagte Thorkel zornig, aber mit Stolz in seiner Stimme, und Sigwaldi nickte.

In den nächsten Tagen rüsteten sie ein Schiff aus und nahmen fast fünfzig Männer an Bord. So verließen sie den Hof des Vaters und die Insel Seeland. Sie segelten nach Südosten und erreichten bald die Insel Bornholm. Dort zogen sie ihr Schiff auf den Strand, stürmten in das Landesinnere, und der erste Hof, der auf ihrem Wege lag, fiel den Seekriegern von Seeland zum Opfer. Es war ein Gehöft des Jarls Veseti, das sie zerstörten und beraubten.

Die meisten Knechte, sowie der Bauer und seine Söhne, wurden erschlagen, und den Mägden auf dem Hof bewiesen sie ihre Manneskraft, ließen ihnen aber ihr Leben.

Dann nahmen sie das Vieh des Jarls und trieben es zu ihrem Schiff. Dort entfachten sie ein großes Feuer und aßen sich erst einmal satt. Auch vergaßen sie nicht, Odin und den anderen Göttern eine Kuh zu opfern, auf dass sie den Seefahrern ihr Heil geben mochten. Anschließend bestiegen sie ihren Großsegler und verließen Bornholm.

Bald darauf erreichten sie die Küste von Pommern und segelten durch die enge Fahrrinne zwischen den Inseln Usedom und Wollin, die in das große Haff führte. Hier ließen sie die Riemen zu Wasser, denn der Wind hatte abgeflaut, und mit kräftigen Ruderschlägen trieben sie die Schnigge[5] voran. So fuhren sie in die Mündung der Oder ein und erreichten alsbald die Jomsburg. Vor dem großen eisernen Tor, das die Durchfahrt in den Kriegshafen der Burg versperrte, es gab auch noch einen offenen Handelshafen, brachten sie ihr Schiff zum Stehen.

„Mein Name ist Jarl Sigwaldi von Seeland, und dies ist mein Bruder Thorkel, den man den Hohen nennt!", rief Sigwaldi zum Wehrturm hinauf. „Lasst uns ein, wir wollen zu Jarl Palnatoki!" Da lachte der Krieger auf dem Turm und verschwand kopfschüttelnd.

Wenig später erschien der Mann wieder auf dem Turm und mit ihm mehrere Krieger. Es waren Jarl Palnatoki und die führenden Jarle der Burg, die sich sofort über die Brüstung lehnten und auf die Schnigge hinab sahen.

„Ich bin der Jomsburgjarl Palnatoki! Wer seid ihr und was wollt ihr hier?"

---

[5] Schnigge – schlankes Langschiff der Nordleute, hatte bis zu vierzig Riemen

„Wir sind die Söhne des Jarls Harald von Seeland, den man auch Stutz – Harald nennt", erwiderten die beiden Männer, die am Vorderstever ihres Schiffes standen. Sie nannten noch einmal ihre Namen, und Sigwaldi sprach: „Wir sind gekommen, uns deiner Kriegerschar anzuschließen und uns deinem Befehl zu unterwerfen!"

„Eure Namen sind mir wohl bekannt", antwortete der Herr der Burg und wandte sich zu seinen Jarlen, um sich mit ihnen zu bereden. So wurde dann endlich das große eiserne Tor geöffnet, und die Schnigge ruderte durch die Pforte des Festungshafens und suchte sich einen Platz, um das Schiff anzulegen. Bald darauf führte man die Besatzung in eine große Halle, wo die Männer sich einer ersten Prüfung unterzogen. Auch Jarl Sigwaldi und Jarl Thorkel mussten den Fragen der führenden Jomswikinger Rede und Antwort stehen. Erst dann entschieden die Männer, wer bleiben durfte und wer die Burg wieder verlassen musste.

Es war kaum die Hälfte der Krieger im Gefolge der Haraldssöhne, die die Jomswikinger für würdig hielten, in ihre Reihen zu treten. Die anderen Männer zogen beleidigt von dannen.

Jetzt erst wurden Jarl Sigwaldi von Seeland und sein Bruder Thorkel der Hohe sowie auch die ausgewählten Männer ihrer Besatzung auf Herz und Nieren geprüft, bis man sie endlich alle feierlich in den Bund der Jomswikinger aufnahm.

*

Groß war der Zorn des Jarl Veseti von Bornholm, als er von dem Überfall der Seeländer auf sein Gehöft erfuhr. Sofort riefen seine Söhne Bui und Sigurd nach Vergeltung und wollten an dem Stutz – Harald und seiner Sippe Rache nehmen und diesen Gewalt antun. Doch der Jarl hielt seine

Söhne zurück und verbot ihnen jedwede Erwiderung der Feindseligkeiten.

Alsbald bestieg Jarl Veseti ein Schiff und begab sich an den Hof König Sven Gabelbarts, um sich zu beschweren und des Königs Hilfe in dieser Angelegenheit zu erbitten. Bevor es zu einer Fehde der Sippen komme, die sicher Viele das Leben kosten würde, sollte der König für Recht und Ordnung sorgen. Der junge Herrscher sicherte dies dem Jarl Veseti zu und gab ihm den Befehl, derweil Ruhe zu bewahren. Zufrieden segelte der Bornholmer auf seine Insel zurück. König Sven aber schickte einen Boten auf den Hof Jarl Haralds, und dieser folgte dem Befehl und erschien in Roskilde.

„Ruchlos war die Tat, die deine Söhne begingen", warf der König dem Stutz – Harald vor. „Es gefällt mir in keiner Weise, wenn sich die Jarle meines Reiches gegenseitig berauben! Sind die Länder unserer Feinde nicht groß genug, um dort auf Wikingfahrt zu gehen?"

König Sven war sichtlich erzürnt, doch Jarl Harald blieb ruhig und kalt wie ein Fisch. „Meine Söhne leben nicht mehr auf meinem Hof", erwiderte er. „So geht es mich nichts an, was sie treiben!"

Diese Worte gefielen dem König keineswegs, doch saß er so lange noch nicht auf dem Thron, als dass seine Herrschaft endgültig gesichert war. So konnte er nur wenig tun, wollte er sich den Stutz – Harald nicht zum Feinde machen. Schließlich war das Königshaus von Dänemark auf die Steuergelder seiner Untertanen angewiesen, wollte und konnte auch nicht darauf verzichten. Außerdem war in unruhigen Zeiten ein Bürgerkrieg nach einem Zwist schnell entbrannt.

„Bist du bereit, für die Tat deiner Söhne Buße zu zahlen und den Schaden zu ersetzen?" fragte der König fordernd und mit übler Laune.

„Nein, das bin ich nicht", kam ohne Zögern die Antwort.
„Ich habe von dem Raubzug keinen Vorteil. Warum soll ich
also dafür büßen?"
Sven Gabelbart erhob sich langsam von seinem Hochstuhl.
„Beschwere dich nicht, wenn es dir nun schlecht ergeht,
denn den Veseti dürstet es nach Rache", sprach der König
erbost über den Geiz des Jarls. „Erbitte keine Hilfe von mir,
wenn der Tag der Vergeltung kommt!"
„Da brauchst du keine Furcht zu haben, mein König! Der
Bornholmer und seine Brut ängstigen mich nicht", sprach er
kühn. „Sollen sie nur kommen, unsere Schwerter sind
bereit! Tyr weiß Recht und Unrecht gut zu unterscheiden,
und er wird uns den Sieg bringen!"
So verließ der Stutz – Harald den Königshof, und es war zu
keiner guten Einigung gekommen.

Als nun Jarl Veseti davon erfuhr, dass der Herrscher über
das Dänenreich in der Angelegenheit nichts auszurichten
vermochte, war er auf das Äußerste erbost. Nun gab er
seinen Söhnen freie Hand, und diese rüsteten sofort ihre
Schiffe mit mehr als hundert Kriegern aus und segelten nach
Seeland.
Dort überfielen die Bornholmer Wikinger drei große Höfe,
die der Stutz – Harald sein Eigen nannte, und es waren die
reichsten Höfe, die er besaß. Ohne Gnade wüteten nun die
Bornholmer, doch sie achteten darauf, dass es auch wirklich
das Eigentum des Jarl Harald war, an dem sie sich
vergriffen.
Die Krieger und Knechte, die sich den Angreifern zum
Kampf entgegenwarfen, wurden allesamt mit den
Schwertern niedergehauen. Dann schleppten sie alles von
Wert davon, darunter auch zwei Kisten mit Goldstücken
und die Festrobe des Jarls. Auch das Vieh und die Sklaven
nahmen sie mit sich.

Als die Schniggen die Küste Seelands verließen, stiegen in der ferne dunkle Rauchsäulen in den sonnigen Frühlingshimmel.

Als man nun die Botschaft von dem Überfall in das Langhaus des Stutz – Harald trug, war dieser recht erzürnt, und als er das Unheil mit eigenen Augen sah, wurde er wütend. Dies war ein großer Verlust für den Jarl, und er verlangte eine Entschädigung für den erlittenen Schaden.

So schickte Harald einen Boten nach Roskilde, um dem König von der Untat zu berichten. Doch König Sven lachte und schüttete seinen Hohn über dem Jarl aus. „Er wollte nicht auf meine Worte hören. Nun soll er selbst sehen, wie er die Suppe auslöffelt, die er sich eingebrockt hat! Vielleicht ist es ja Tyr selbst, der nun für ihn streitet!"

„Wenn der König nicht Recht sprechen will…", rief Harald zu seinem Gefolge…, „so werden wir uns selbst holen, was uns zusteht!" Der Bote hatte die Nachricht des Dänenkönigs in das Langhaus des Jarls gebracht, und dieser hatte alle Männer um sich geschart, die in seiner Knechtschaft standen. „Vergelten wir Gleiches mit Gleichem!", rief er, und seine Gefolgschaft jubelte ihm zu.

Jetzt sammelte der Stutz – Harald ein Heer um fast das Doppelte an Zahl der Bornholmer, und mit acht Schiffen segelten sie auf Raubfahrt aus.

Drei Höfe des Jarl Veseti mussten nun die Gewalt der Seeländer erleiden, und Harald raffte an Wertvollem zusammen, was er kriegen konnte.

Nun war es wieder der Bornholmer Jarl, der nach der Hilfe des Königs rief. Erneut begab sich Veseti nach Roskilde und trat vor den Gabelbart. „Es wird ein Krieg beginnen zwischen Seeland und Bornholm, wenn du dich nicht dazwischen stellst, König Sven", sprach Jarl Veseti. „Wenn es dir jetzt nicht gelingt, den Streit zu schlichten, so wird es dir später erst recht nicht gelingen. Das Volk ruft nach Vergeltung!"

„Du hast wohl recht, Veseti", stimmte der König den Worten des Jarls zu. „Es ist an der Zeit für ein Machtwort! Und es muss Gültigkeit haben, vor allem Volk! In Kürze findet das Isöre – Thing[6] statt, auf dem die Jarle des Landes erscheinen", sagte König Sven. „Auch du wirst dort sein, Jarl Veseti. Und gleiches verlange ich von Jarl Harald. Dann wird es einen Thingspruch geben, dem muss sich der Stutz – Harald unterwerfen!"

*

Es kam die Zeit an der das Thing stattfinden sollte, und alle Jarle fanden sich ein. König Sven war mit fünfzig Schiffen und einem großen Heer erschienen, da er dem Streit der beiden Jarle ein Ende setzen wollte. An dem Strand, an dem ihre Schiffe lagen, hatten sie ein großes Wik[7] errichtet, dem sich viele ankommende Jarle anschlossen. Jarl Harald war mit zwanzig Schiffen gekommen und ließ sich nicht weit des königlichen Lagers nieder. Jarl Veseti kam mit nur fünf Schiffen und ohne seine Söhne Bui den Dicken und Sigurd zu dem Thing. Auch schlug er seine Zelte weit entfernt des Lagers von Jarl Harald auf.

Doch noch bevor die Dunkelheit einsetzte, kamen die Söhne des Jarl Veseti mit fünfzehn Schiffen, und nicht weit von Jarl Haralds Lager gingen sie an Land. Da sah der Jarl von Seeland, dass Bui der Dicke seine geraubte Festrobe trug, die wie sein Hut mit Goldstücken besetzt war, und er erzürnte sich sehr über diese Frechheit. Mit drei

---

[6] Thing – Rats- und Gerichtsversammlung der Nordleute
[7] Wik – befestigtes Lager der Wikinger, meist Winterlager auf
       Raubzügen

Schiffsbesatzungen, gut bewaffnet und zum Kampf bereit, trat er den Bornholmern in den Weg.

„Du elender Hundsfott!", rief er dem älteren Sohn des Veseti entgegen. „Du trägst die Robe, die du mir stahlst, am Tag der Versöhnung!"

„Versöhnung?", lachte da Bui der Dicke auf. „Wir kamen, um der Sache ein Ende zu bereiten. Wenn du den Mut hast, Jarl Harald, ergreife dein Schwert!"

Jetzt wusste Harald, worum es hier ging, und er sah auch, dass die Krieger des Jarl Veseti den Hang hinab kamen. Hatte etwa der König selbst ihn in diese Falle gelockt? Da ließ er das Horn blasen, auf dass all sein Kriegsgefolge zu den Waffen greifen sollte.

Im letzten Moment jedoch, bevor es zur Schlacht kam, trat der König zwischen die Streitenden. „Wer es wagt, am Tage des Thing sein Schwert zu ziehen, der wird sicher nicht mehr den Heimweg antreten", drohte der König offen, und alle Jarle stellten sich hinter ihren Lehnsherrn, auf dass die Gesetze befolgt würden. Nun mussten sich die Streithähne fügen, wollten sie nicht von den Getreuen des Königs getötet werden.

Bald darauf sammelten sich die Männer auf dem großen Thingplatz, und ein jeder Freie hatte das Recht, sein Anliegen vorzutragen. Angelegenheiten, die Frauen zu beklagen hatten, wurden von Männern vorgetragen, denn den Frauen sowie den Halbfreien war das Sprechen vor dem Thingrat untersagt.

Meist aber entschieden die Jarle über solche, ihrer Meinung nach minder wichtige Angelegenheiten, bereits in ihren Gauen.

Der König traf eine Entscheidung, und die Jarle stimmten ab, ob sie mit dem Spruch einverstanden waren, was oft der Fall war. Keiner wollte sich schließlich den Lehnsherrn zum Feind machen.

Dann trat Jarl Veseti vor und klagte sein Leid. Er berichtete von dem Überfall der Haraldssöhne Sigwaldi und Thorkel und von allen Geschehnissen, die darauf folgten. Als Veseti geendet hatte, ergriff Jarl Harald das Wort und sagte, dass er für die Taten seiner Söhne nicht Verantwortung tragen wolle. Schließlich hatte er keinen Befehl für die Raubfahrt gegeben und auch keinen Nutzen davon. Da begehrte Jarl Veseti auf. „Du bist das Oberhaupt deiner Sippe, und die Strauchdiebe sind von deinem Blut! Es obliegt deiner Macht, deinen Söhnen Einhalt zu gebieten. Doch wenn es dir gleich ist, werden wir noch heute lossegeln, um deine Söhne zu erschlagen!"

Da trat Sigurd, der jüngere Sohn des Jarl Veseti, vor seinen Vater. „Ich kann nicht meine künftigen Schwäger erschlagen, Vater! Zu lang schon schwillt der Streit, der mir meine Liebe nimmt!"

Alle sahen sich fragend an, denn sie verstanden den Jarlssohn nicht. Nur der junge König Sven erkannte den Sinn von Sigurds Worten sofort und begann herzhaft zu lachen. Die Thingbesucher sprachen nun durcheinander, einige empörten sich, andere, denen es dämmerte, begannen zu lachen, was wiederum den Veseti ärgerte, sodass er vor Wut schrie. Da erhob sich König Sven und sorgte für Ruhe. „Es soll genug sein! Wir wollen nun entscheiden, was zu geschehen hat!"

Der König und seine Berater begannen sich zu bereden. Und kurz darauf riefen sie alle Beteiligten dieses bedauerlichen Zwistes zusammen. Sven Gabelbart stand auf einer steinernen Empore, und als alle Anwesenden nun endlich schwiegen, begann er zu sprechen. „Du, Jarl Veseti, wirst dem Stutz – Harald die drei Höfe ersetzen, die ihr auf Seeland zerstört habt!"

Da sah der Bornholmer grimmig drein, als er die Worte hörte. Hatte er doch ein anderes Urteil erwartet.

„Dafür sollt ihr die geraubten Goldkisten Jarl Haralds behalten", sagte der König, und die anderen Jarle nickten.
„Du, Bui, sollst dem Harald seine Festrobe zurückgeben. Sie steht dir nicht und passt außerdem so gut zu seinem Hut!"
Der Thingsprecher begann laut zu lachen, und viele der anwesenden Männer taten es ihm gleich, sodass der wegen seiner Eitelkeit gefoppte Stutz – Harald einen roten Kopf bekam.
„Du, Harald von Seeland, sollst dem Sigurd deine Tochter Tova zur Frau geben, auf dass endlich Friede wird zwischen euren Sippen. Gefestigt durch Familienbande!"
Der König sah zu Sigurd hinüber und grinste. „Tova soll drei Höfe als Mitgift erhalten!"
Die beiden Sippenoberhäupter zeigten sich nach einigem Knurren mit dem Thingspruch einverstanden, und Jarl Veseti gelobte, seinem Sohn Sigurd ein Drittel seines Besitzes zum Geschenk zu machen. So heiratete Tova einen reichen Mann, und Harald war zufrieden.
Nach dem das Thing geendet hatte, segelten alle friedlich in ihre Heimatgaue zurück, und bald darauf gab es auf Bornholm eine große Hochzeitsfeier, auf die auch König Sven geladen war.

*

Kaum zwei volle Monde war Sigurd mit der schönen Tova vermählt, da kam sein Bruder Bui der Dicke auf dessen Hof. Freudig begrüßten sich die Söhne des Jarls Veseti, und Bui erzählte, dass es an der Zeit wäre, auf das Meer hinaus zu fahren und fremde Küsten zu verheeren. Es war schon fast Frühsommer, und der älteste Sohn des Jarl Veseti hasste es, zu Hause auf dem Hof zu hocken.
„Du musst mit mir segeln, Bruder", sagte Bui der Dicke.
„Oder willst du etwa auf deinem Hof versauern?"

Da grinste Sigurd. „Ich habe ein junges, schönes Weib. Warum sollte es mich auf das Meer hinaus ziehen? Ich muss für den Erhalt der Sippe sorgen!"

Da lachte auch Bui auf und machte eine anstößige Handbewegung, doch nach einer Weile legte er seinem Bruder die Hand auf die Schulter. „Willst du wirklich auf deinem Hof hocken und dein Weib bespringen wie ein Bock? Glaube mir, du wirst es sicher bald leid werden! Außerdem musst du den Reichtum deiner Familie mehren, du bist schließlich ein Jarl! Oder sollen deine Bälger in einem Stall aufwachsen und sich mit dem Vieh um das Futter streiten?"

Da dachte Sigurd nach und fragte bald darauf, wo es denn überhaupt hingehen solle.

„Zur Jomsburg zieht es mich", gab Bui zur Antwort. „Es wäre sicherlich kein Schlechtes, ein Jomswikinger zu sein!"

„Zu den Jomswikinger willst du?" Sigurd war sichtlich erstaunt, denn dass sich sein Bruder strengen Regeln unterstellen wollte, wunderte ihn doch sehr.

Aber der Gedanke, zu den berühmten Jomswikingern zu gehören, reizte auch ihn. Da ging Sigurd zu seinem Weib Tova. „Ich will mit Bui zu den Wikingern von Jom segeln", sagte er. „Dort sind auch deine Brüder Sigwaldi und Thorkel, und wir Söhne des Jarl Veseti sind nicht weniger wert als die des Stutz - Harald. Also will ich den Sommer über auf der Jomsburg bleiben, und im Winter werde ich zu dir zurückkehren, mein Weib!"

Da war die schöne Tova erzürnt, doch sie ließ ihren Gemahl widerwillig gehen. Sie wusste nur zu gut, dass sie ihren Sigurd nicht halten konnte. Also rüsteten die Brüder zwei Schiffe mit jeweils fünfzig Männern aus und segelten auf das Meer hinaus.

Bei schönstem Wetter, die Sonne stand hoch im Zenit, ruderten die beiden Schniggen bis vor das Hafentor der Jomsburg, und es erschien ein Wachmann auf dem Wehrturm. Die Bornholmer riefen ihr Begehr hinauf, und der Mann verschwand, um die Ankunft der Fremden dem Jomsburgjarl zu melden.

Nun erschienen der Palnatoki und die führenden Jarle der Jomswikinger auf der Wehr und sahen hinab. Auch Jarl Sigwaldi und sein Bruder Thorkel der Hohe, die Söhne des Stutz – Harald, waren dabei. „Wir sind die Söhne des Jarl Veseti", sagte Bui der Dicke. „Wir kommen, um uns den berühmten Jomswikingern anzuschließen!"

„Die Söhne des Jarl Veseti seid ihr. Dann wird es nicht gut möglich sein, denn ich zähle schon Sigwaldi und seinen Bruder zu meinen Mannen", sagte der Jomsburgjarl Palnatoki. „Soweit ich weiß, liegen eure Sippen im Streit, und ich will es nicht haben, dass sich meine Männer gegenseitig den Kopf einschlagen!"

„Dies wird auch sicher nicht geschehen, Jarl Palnatoki", rief nun Sigurd hinauf. „Der Zwist zwischen unseren Familien ist beigelegt. Von König Sven persönlich, auf dem Isöre – Thing!"

Da mischte sich Jarl Sigwaldi ein. „Wie seid ihr mit meinem Vater verblieben?", wollte er wissen.

„Wir sind nun Gesippen, denn ich heiratete deine Schwester Tova", sprach Sigurd. „Damit soll aller Groll zwischen den Familien getilgt sein, Schwager!"

„Wenn dem so ist, wollen auch wir die Feindschaft begraben und euch als unsere Gesippen sehen", sagte Thorkel der Hohe. „Sollten die Brüder die Wahrheit sagen, spricht nichts dagegen, sie in unseren Bund aufzunehmen", meinte nun auch Sigwaldi. „Doch die Götter mögen ihnen beistehen, wenn sie uns in die Irre führen wollen, um dann eine Rachetat zu begehen!"

„Dies wäre aber schon ein verwegener Streich", sagte Thorkel kopfschüttelnd. „Wir sind Jomswikinger, und uns hier zu töten, käme einem Todesurteil gleich!"

Da nickte der Jomsburgjarl Palnatoki zustimmend und ließ das eiserne Tor öffnen, damit die Söhne des Jarl Veseti in den Burghafen rudern konnten. Noch am selben Tage unterzogen sich die Krieger den Prüfungen, und nur wenige von ihnen mussten die Burg wieder verlassen, da sie für untauglich befunden wurden. Alle anderen leisteten den Schwur, der sie zu Jomswikingern machte.

*

2. Vom Skalden Hallfred

Es war zu der Zeit, als König Olaf über das norwegische Reich regierte. Weit im Nordwesten des Landes, im großen Trontheimfjord an den Ufern des Flusses Nid, hatte der Herrscher eine Stadt erbauen lassen, denn viel Volk im Norden glaubte noch an die alten Götter in Asgard[8]. Der König aber war fest im Glauben an den einen Gott und seinen Sohn Jesus verwurzelt und strebte nach einem christlichen Reich. Damit die Jarle des Nordens, die meist noch Odinsanbeter waren, nun aber nicht von ihm abfielen, entschied sich König Olaf, in ihrer Mitte zu bleiben. Schnell wurde die neue Königsstadt Nidaras zu einem großen Handelsplatz, und der Herrscher war damit sehr zufrieden.

Es geschah an einem Sonntag im Herbst, da begab sich der König schon früh am Morgen auf den Weg zu der großen Kirche, die er unlängst hatte erbauen lassen. Mit seinem Gefolge ging er durch die Gassen von Nidaras und war sichtlich erfreut, über das, was er sah. Plötzlich bemerkte er einen Mann, der in feinste, aber auffällige Kleider gewandet war und hielt inne. Der Mann grüßte den König freundlich und trat heran.

„Wie ist dein Name, Fremder?" fragte König Olaf freundlich, denn es war Sonntag, und er war bester Laune.

„Man nennt mich Hallfred den Skalden[9]", antwortete der Mann nicht weniger freundlich. „Von Geburt bin ich Grönländer, doch verschlug es mich in das Tröndelag[10], schon vor einiger Zeit."

---

[8] Asgard – die Welt der Göttergeschlechter der Asen und Vanen
[9] Skalde - Dichter
[10] Tröndelag – ein Gau im Nordwesten von Norwegen

Die Skalden waren mit ihren Dichtungen die Chronisten jener Zeit, da oft nur die christlichen Mönche und Priester des Schreibens mächtig waren. Meist lebten die guten Skalden an den Königshöfen, denn die Herrscher waren darauf bedacht, dass ihre Ruhmestaten der Nachwelt überliefert wurden. Gab es an einem Hof keinen Dichter, so erstarb mit dem Herrscher meist auch die Kenntnis über ihn und sein Königsgeschlecht.

„Ein Skalde bist du also", sagte König Olaf und lächelte. Er war von dem Gedanken nicht abgeneigt, diesen Mann in seinen Reihen aufzunehmen, denn an seinem Königshof in Nidaras gab es noch keinen Skalden. König Olaf war noch keine dreißig Jahre alt und hatte doch schon viel erlebt, das ein Skalde hätte besingen können. Da erblickte der König den silbernen Thorshammer, der um den Hals des Mannes hing.

„Du bist ein Odinsanbeter! Dein Schmuck verrät es", sprach Olaf nun nicht mehr so freundlich. „Weißt du nicht, dass ich es wünsche, dass alles Volk in meiner Stadt die Taufe empfängt? Nidaras soll eine christliche Stadt sein!"

Da nahm Hallfred das kleine Schmuckstück zwischen seine Finger und spielte damit. „Dies ist das einzige Stück von Wert, das mir geblieben ist", sprach er fast traurig. „Diesen Thorshammer bekam ich von Jarl Hakon, dem König des Tröndelag, den man nun den Bösen nennt. Ich lebte an seinem Hof, und er schätzte meine Kunst sehr!"

„Ja!", entfuhr es da dem König. „Ich hörte von dir und den Ruhmesworten, die du zu Ehren Jarl Hakons verfasst hast! Man erzählt sich, du seiest ein guter Skalde."

„Ich bin der Beste, mein König", prahlte da Hallfred, denn er witterte die Gelegenheit, die sich ihm nun bot. Drei Winter lang hatte er schon nicht mehr die Vorzüge eines Königshofes genossen. Seitdem Jarl Hakon seinen Kopf verlor, musste er sich damit zufrieden geben, von Jarlen und

Häuptlingen bewirtet zu werden. Und diese waren nicht immer von feinem Geiste, wie es sich ein Mann von der Art des Hallfred gewünscht hätte. Sie holten ihn nur auf ihre Höfe, um sich vor anderen wichtig zu tun und zu prahlen. Außerdem waren seine Taschen schon lange leer, das Schmuckstück war wirklich das einzige von Wert, das er noch besaß, und der Winter nahte. Bald würde er es versetzen müssen, um die kalte Jahreszeit zu überleben.

„Du bist ein Grönländer, daher kann ich dich nicht zwingen, den Glauben an den Herrn Jesus Christus anzunehmen. Doch wärest du dazu bereit, so könnte ich dich in mein Gefolge aufnehmen!" Die Worte des Königs waren fordernd gesprochen, doch klangen sie nicht böse, sondern höflich.

Dieses Angebot konnte Hallfred kaum ausschlagen, wollte er den Winter nicht als Knecht auf einem armseligen Bauerngehöft verbringen. Schließlich verabscheute er harte Arbeit!

Doch Hallfred der Skalde war ein schlauer Mann und wollte sich und sein Können, nicht billig verschleudern. Er schwieg und überlegte eine Weile. „Ich weiß nicht viel über diesen neuen Glauben, und meine Götter waren mir bisher meist gnädig", sagte er zu dem König der Norweger. „Was ist, wenn Odin zürnt und großes Unheil über mich schickt?"

„Das wird er sicher nicht, denn der Einäugige ist nur ein Hirngespinst", erwiderte nun der König eindringlich, und sein Bekehrungsdrang war geweckt. „Es gibt nur einen wahren Gott und seinen Mensch gewordenen Sohn Jesus Christus, der für unsere Sünden am Kreuze starb!"

Doch immer noch zögerte der odinstreue Skalde mit seiner Antwort.

„Wenn es dir Ernst ist damit, werden mein Bischof und auch ich dir die Geschichten vom Herrn Christus erzählen", versprach da der König der Norweger. Doch ganz so unwissend, wie Hallfred tat, war er keineswegs.

„Wenn ich mich taufen lasse, habe ich aber eine Bedingung, mein König", sprach der Skalde frech, und der König sah erst erstaunt und dann finster drein. „Ich will, dass kein geringerer als du selbst mein Taufpate wird!"

Da beugte sich einer der Begleiter zum Ohr des Königs und flüsterte. Doch Hallfred erzürnte. „Was tuschelst du da rum? Bist du ein Weib?", fuhr er den Berater an. „Rede offen wie ein Mann, oder hast du Furcht vor meiner Klinge?"

„Oh, ich würde dich hier und jetzt erschlagen, Skalde", sagte der Mann, der ein gestandener Krieger des Königs war. „Doch scheint es mir dann schade um deine Dichtkunst zu sein!"

Da mischte sich König Olaf ein. „Mein guter Thorgeir hier sagt, dass man sich von Hallfred dem Skalden nicht nur Gutes erzählt. Schon manchen Fehltritt hast du getan!"

Er sah den Skalden böse an. „Wäre ich dein Pate, müsste ich dir mehr verzeihen als anderen! Dies ist eine hohe Gunst, die du forderst!"

„Herr, um meiner Dichtkunst nachzukommen, brauche ich natürlich mehr Freiheiten als andere Günstlinge an deinem Hof", sprach der Skalde offen. „Jedoch: ein Vogel im Käfig singt nicht!"

Da sah König Olaf den Thorgeir an und begann zu lachen. „Ein wahrlich treffender Vergleich! Nun gut, der Vogel soll singen! In Freiheit! Doch auch ich habe eine Bedingung", forderte nun der König. „Du musst ein wahrer Christ werden, Hallfred! Erfahre ich, dass du weiterhin heimlich den alten Göttern opferst, so werde ich dem Vogel für immer den Schnabel schließen!"

„Man erzählt sich unter den Leuten, dass dein Heil besonders groß sei, König Olaf", sprach der Skalde da unbeeindruckt der Drohung. „Wenn dies also die Macht des Herrn Christus bewirkt, so will ich gerne ein wahrer Christ sein und Odin, Thor und Freyr abschwören!"

Nun zeigte sich König Olaf zufrieden, und der Skalde
Hallfred durfte auch sogleich der Messe in der Kirche von
Nidaras beiwohnen.
Kurze Zeit später, an einem Sonntag, empfing der Skalde
Hallfred feierlich die christliche Taufe, und König Olaf war
sein Pate.

*

Es verging einige Zeit, und die Befürchtungen des
Königsberaters Thorgeir begannen sich zu bewahrheiten.
Der Skalde Hallfred zog sich schnell den Zorn einiger
christlicher Jarle zu, denn der nicht mehr ganz so junge Kerl
machte sich gerne an aufblühende Mädchen heran. Und da
es ihm sein Aussehen gestattete und seine Dichtkunst ihm
bei den Weibern den Weg ebnete, war er oft erfolgreich in
seinem Werben. Es waren gleichermaßen die Frauen und
Töchter der Jarle und Großbauern, denen er seine
Aufmerksamkeit schenkte. Doch König Olaf hielt schützend
die Hand über den Skalden und wurde mit Lobesgedichten
von diesem dafür belohnt. An jedem Sonntag betrat Hallfred
im Gefolge des Königs nun die Kirche, um der Messe
beizuwohnen, und er zeigte sich vor Olaf und dem Hofstaat
als guter Christenmensch. Ein reichlich verziertes Kreuz,
das ihm sein Taufpate schenkte, prangte an einer Kette auf
seiner Brust.
Heimlich aber opferte Hallfred weiterhin den Göttern des
Nordens und unter seinem Hemd versteckt trug er seinen
silbernen Thorshammer.
„Wo es Platz für einen Gott gibt, da reicht es auch für
mehrere", sagte der Skalde und hoffte so, sich des Heils
aller Götter zu versichern. Jedoch blieben die Opfer, die der
Skalde den Göttern Odin und Thor, Freyr und Tyr
darbrachte, trotz aller Vorsicht nicht unbemerkt. Der junge

Sohn eines Jarls, der am Königshof von Nidaras seine Erziehung erhielt, brachte die Nachricht seiner Entdeckung auf den Hof seines Vaters Otar. Dieser war ein treuer Gefolgsmann des Königs und hatte wegen seines Weibes mit dem Skalden noch eine Rechnung zu begleichen. So ging Otar nach Nidaras, in der Hoffnung, dass König Olaf den Hallfred bestrafen würde. Er trat vor den Herrscher und berichtete von seinem Wissen. Der König erzürnte zwar, hielt sich mit einer Bestrafung aber zurück. Doch fortan ließen die Begünstigungen für den Skalden Hallfred merklich nach, und der König begegnete dem Dichter mit ungewohnter Kühle.

„Auf ein Wort, Otar", sagte Hallfred freundlich und ritt mit seinem Pferd an die Seite des Jarls. Es war bereits dunkel geworden, und brennende Fackeln erhellten spärlich die schneebedeckten Gassen von Nidaras. Jarl Otar hatte wieder einmal einen Besuch im Palast des Königs hinter sich gebracht, denn wenn Olaf nach seinen Jarlen rief, so eilten diese an den Hof. „Was willst du, Hallfred? Es steht mir nicht der Sinn nach deiner Begleitung. Außerdem habe ich es eilig", sagte Otar unfreundlich. Er wollte so schnell es ging auf seinen Hof zurückkehren, denn der Jarl war allein nach Nidaras gekommen, und der Besuch bei König Olaf hatte weit länger gedauert als erwartet. Seite an Seite ritten sie nun durch die Dunkelheit, und je näher sie dem Rand der Stadt kamen, umso spärlicher wurde die Bebauung der Stadt mit Gebäuden.

„Es ist nicht sehr schön, wenn man die Gunst eines Königs verliert", sprach Hallfred grimmig.

„Es ist auch nicht schön, wenn ein fremder Bock dein Weib bespringen will", entgegnete Otar nicht weniger gereizt.

„Dies allein hätte dich schon deinen Kopf kosten müssen, Hundsfott!"

Da lachte Hallfred auf. „Und nun ist es der deine, der fällt!"
Ohne zu zögern zog er sein Schwert aus dem Wehrgehäng
und hieb auf den Reiter an seiner Seite ein. Otar sank tödlich
getroffen aus dem Sattel, und der Schnee färbte sich rot.

Am nächsten Morgen trug man die Nachricht an den Hof,
dass Jarl Otar erschlagen am Rande der Stadt gefunden
worden sei. Niemand am Königshof zweifelte daran, dass
Hallfred der Skalde diese Tat begangen hatte, und der Sohn
Otars verlangte Gerechtigkeit, sonst wolle er Rache nehmen.
Bald schon war die Schuld des Hallfred bewiesen, und man
schleppte ihn vor den König.
„Schändlich war dein Tun", rief König Olaf hoch erzürnt.
„Du hast dein Wort gebrochen, indem du Odin opfertest.
Und du hast einen Jarl getötet!" Mit gesenktem Haupt stand
Hallfred da und hörte den König poltern.
„Es kann nur eine Strafe geben, wenn sich meine
Gefolgsmänner gegenseitig erschlagen!"
„Oh mein König, die Tat war schändlich…", Hallfred war
auf die Knie gesunken, „…das gebe ich offen vor dir zu!
Darum bin ich nun zur Gänze deiner Gnade ausgeliefert.
Doch bitte ich dich nicht zu vergessen, dass du mein Pate
bist!"
„Daran klammerst du dich, nun, wo es dir an den Kragen
geht", rief der König erbost. „Meine Gesetze jedoch sind
gültig für jeden Mann, und du brachst den Frieden in meiner
Stadt!"
Da trat ein Berater an den Herrscher heran. „Mein König, du
hast ihm deine Gunst gewährt, trotz aller Warnungen. Nun
strafe ihn nicht zu hart, denn sonst wäre es kaum etwas
Besonderes, den König zum Taufpaten zu haben!"
„Ich schlage vor, dass der Skalde zuerst eine Mannesbuße
für den Erschlagenen zu zahlen hat!" Dem stimmten die

anderen Gefolgsmänner in der Königshalle zu, und auch König Olaf nickte.

„Im Hinterland des Tröndelag lebt ein Großbauer, der dem König die Gefolgschaft verweigert", erzählte der Berater. „Er opfert weiter den alten Göttern und schreckt auch vor dem Schlachten von Jungfrauen nicht zurück! Hallfred soll in das Hinterland gehen und den abtrünnigen Bauern bestrafen, der als großer und mutiger Krieger gilt!"

Da erhob sich der König. „So soll es sein!", rief der Herrscher aus. „Ich will dir Gnade erweisen, obwohl du ein schlimmer Skalde bist, Hallfred! Geh in das Hinterland und töte diesen Bauern für mich. Gelingt es dir, so will ich dir verzeihen!"

Nun erhob sich Hallfred. „Das will ich gerne tun", sagte er lächelnd. „Doch erbitte ich mir für diese Tat ein neues Schwert, denn das meine ist schon alt und schartig. Ist es nicht Sitte, dass, wenn ein Mann einen Spitznamen erhält, er sich ein Geschenk erbitten darf?"

Die Anwesenden sahen sich fragend an, und einige grinsten sogar über die Unverfrorenheit dieses Mannes.

„Du nanntest mich einen schlimmen Skalden, mein König, und dieser Name wird nun an mir haften bleiben!"

Da lachten die Gefolgsmänner des Königs auf, und Olaf schüttelte ungläubig den Kopf. „Gebt ihm ein gutes Schwert, auf dass er seine Aufgabe erfüllen möge!"

Zum Dank verfasste der Skalde sofort einen Vers, um das Schwert zu loben, das er erhalten sollte.

Die Gefolgsmänner des Königs riefen Beifall und waren froh, dass der König dem Vogel den Schnabel nicht auf ewig geschlossen hatte.

Bald darauf machte sich Hallfred mit einer Schar von Kriegern auf den Weg in das Hinterland, um den Bauern zu bestrafen und um seinen eigenen Kopf zu retten. Es kam zum Kampf, und der Großbauer starb durch die Klinge des Skalden, so wie es Hallfred versprochen hatte.

Der Skalde verbrachte den Winter in Nidaras und war fortan ein guter Christ und gern gesehen am Hofe König Olafs. Als dann im Frühjahr der Schnee zu schmelzen begann, trat der Verseschmied vor seinen Gebieter und bat diesen, durch die Lande ziehen zu dürfen. Er wolle seine Verse und Gedichte dem Volk vortragen, auf dass die Taten und der Ruhm König Olafs in ganz Thule[11] bekannt würden.

Der eigentliche Grund für die plötzliche Reiselust des Skalden aber war der, dass der König zu einem Kriegszug in das heidnische Helgeland rüstete und Hallfred wenig Freude daran hatte, sich als Kriegsknecht zu verdingen.

Der König über Norwegen war mit dem Vorhaben seines Skalden einverstanden, denn wie alle Herrscher war auch er eitel und wollte, dass sich sein Ruhm im Lande verbreitete. Doch stellte er die Bedingung, dass der Dichter viel Gewicht darauf legte, dass es der Herr Christus war, der dem König sein Heil gab.

Der Skalde Hallfred bekam ein Schiff und dazu dreißig Männer. Auch gab ihm der König Waffen und Nahrung, denn er wollte nicht, dass man seinen Hofskalden als armen Mann ansah.

So segelte die Schnigge hinaus in den Trontheimfjord und dann in die offene See. Die Küste entlang fuhr das Schiff durch das Nordmeer nach Süden und nahm dann Kurs in den dänischen Sund und das warägische Meer. In jeder Stadt preiste er den Ruhm und den Mut seines Herrn in höchsten Tönen. Er trug seine Gedichte vor, und wenn man ihn an den Hof des Landesherrn einlud, was nicht selten vorkam, folgte er gerne dem Ruf und verfasste Verse auf seine Gastgeber. So sprach es sich in den Königshäusern und auf

---

[11] Thule – alte Bezeichnung für Skandinavien

den Höfen der Jarle herum, dass ein Skalde durch die Lande zog.

Dann erreichte seine Schnigge das Oderhaff, und es zog ihn nach Jumne, wo er für einige Zeit als Gast auf der Jomsburg weilte. Zum Dank dichtete er auch hier einen Lobvers auf den Jomsburgjarl Sigwaldi, und dieser war darüber hocherfreut und sehr geehrt. Der Jarl beschenkte den Skalden reich dafür, und als Hallfred die Jomsburg verließ, lenkte er seinen Segler nach Schweden. Der Ruhm dieses Dichters vom Hofe des norwegischen Königs Olaf eilte ihm nun voraus.
Als der schwedische Herrscher nun hörte, dass ein berühmter Skalde in seiner Königsstadt weilte, lud auch er den Hallfred an seinen Hof, und der Reichtum im Bauch der Schnigge wuchs.
So wurde es Herbst, und er segelte das Langschiff zurück nach Norwegen. Hallfred war nun ein vermögender Mann am Hofe König Olafs, und er wusste, das er dies nur dem Wohlwollen des norwegischen Königs zu verdanken hatte.
Er hatte den Vogel singen lassen und ihm nicht den Schnabel geschlossen, als er gesündigt hatte. Zum Dank dafür verfasste der Skalde Hallfred ein großes Ehren- und Lobgedicht über die Lebensgeschichte des norwegischen Königs Olaf, auf dass dieser nicht vergessen würde.

*

3. Wie Thor seinen Hammer zurückbekam

Da stand Mjöllnir, der mächtige Hammer des Donnergottes Thor, gelehnt an die Wand der großen Halle Bilskimir in Thrudheim.
Der Besitzer der Waffe, die sich im Kampf gegen die Riesen schon so oft bewährt hatte, war in sein großes Langhaus getreten, um sich an einem kühlen Bier zu erfrischen. Ja, der Gott Thor liebte kühles Bier! So blieb der Hammer ohne Aufsicht zurück, denn der Hausherr wähnte sich seiner sicher. Doch ein paar Augen lagen bereits auf dem sonst wohlbehüteten Besitz des Rotbartes. Ein böser Gedanke durchfuhr den listigen Kerl, und ohne das Für und Wider zu bedenken, griff er kichernd zu. „Oh, was wird das für ein köstlicher Spaß, der dem Säufer eine Lehre ist", sprach er leise und verschwand.

Wie groß war der Schrecken, als Thor den Verlust Mjöllnirs bemerkte. Er begann seinen großen Hof Thrudheim danach abzusuchen und rief sein Weib Sif zur Hilfe. Doch diese hatte nichts bemerkt und rief nach den Kindern des Thor, den Söhnen Modi und Magni und der Tochter namens Thrud. Bald schon stieg in Thor der Zorn empor und sein grollendes Fluchen hallte durch Asgard. Und in Mitgard schlugen die leuchtenden Blitze, die seinen Augen entfuhren, aus den grauen Wolken, und der Donner ließ das Land erbeben. Da sprach Modi zu seinem wütenden Vater: „Ich sah vor nicht langer Zeit den Loki um Thrudheim schleichen. Vielleicht nahm er den Mjöllnir mit sich, um einen Streich zu machen!"
Da fuhr sich Thor nachdenklich durch seinen dichten, roten Bart. „Es ist gut möglich, dass er es war. Die Streiche und Bosheiten dieses Kerls nehmen einfach kein Ende!"

„Reicht es diesem elenden Hundsfott nicht, das er dir dein goldenes Haar abschnitt?", sagte Thor verärgert zu seinem Weib Sif. „Nun stiehlt er auch noch meinen geliebten Hammer!" Der Rotbart war außer sich. „Dieser Riese wird dereinst noch unser Untergang sein!"

Zu dieser Zeit saß Loki bereits an einem der grob gezimmerten Holztische in der Methalle im Riesenheim und war Gast des Geirrodr. Das kühle Bier mundete ihm gut, und er fühlte sich unter den Seinen recht wohl. Er kam nicht oft hierher, da die Riesen ihn nicht allzu sehr mochten. „Dies ist also Mjöllnir, die Waffe des Thor", sagte der Riese Geirrodr und wog den Hammer prüfend in seiner Hand. „Der gefürchtete Schädelzertrümmerer!" Loki nickte zustimmend und grinste voller Stolz, schließlich war er es, der dem Thor die Waffe nahm. „Was willst du dafür?", fragte Geirrodr und starrte auf den Hammer in seiner Hand. „Ich muss ihn besitzen!"
„Oh, da wird sich schon etwas finden", sprach Loki, und seine Augen funkelten listig. „Die Hauptsache ist doch, dass der Hammer nicht mehr im Besitz des Rotbarts ist."
„Das ist wohl war! Schon viele unserer Brüder hat Mjöllnir in das Reich deiner Tochter Hel geschickt. Nun aber ist der Hammer unser!" Der Riese jubelte, und Loki sagte frech und überheblich: „Dies wird dem Donnergott wenig gefallen, und es soll ihm eine Lehre sein!" Geirrodr klopfte dem Loki freundschaftlich auf die Schulter. „Obwohl du bei den Göttern von Asgard lebst und wir hier wenig von dir halten, da du der Schwurbruder des Odin bist, so schaffst du es doch immer wieder, uns zu überraschen, Loki." Er füllte dem Loki den Becher. „Trink Bruder, trink!" Geierrodr setzte den Krug an seine Lippen und ließ den Gerstensaft in sein Maul laufen.

Einige Tage vergingen, in denen sich Loki im Riesenheim seinem Vergnügen hingab, bis er sich wieder in die Nähe von Thrudheim wagte. Nicht ahnend, dass ihm der Thor bereits auf die Schliche gekommen war, denn gerade sein Fernbleiben hatte den Donnergott in der Annahme gestärkt, das der Riese etwas mit dem Verschwinden seiner Waffe zu tun hatte. Wutentbrannt packten die starken Hände des Rotbartes nach dem Loki und schüttelten diesen kräftig durch.

„Du elender Rattenschiss!", rief Thor zornig aus, und mit grollender Stimme fuhr er fort: „Wo hast du meinen Hammer versteckt?"

Doch der Riese gab sich unwissend. „Der Hammer? Welchen Hammer meinst du?"

„Stell dich nicht dumm und tue nicht so unschuldig. Mich täuscht du nicht", blaffte der Donnergott den Riesen ärgerlich an, und Blitze schossen aus seinen Augen hervor. „Dies ist kein guter Scherz von dir, und ich kann auch nicht darüber lachen, Loki. Gib mir sofort Mjöllnir heraus, oder ich lehre dich Anstand!" Drohend hob er seine eisenbewährten Fäuste.

„Ach, es ist Mjöllnir, den du suchst. Hast du ihn verlegt? Davon weiß ich nichts", antwortete der Riese unschuldig. Durchdringend sah Thor sein Gegenüber an, und er war keineswegs mehr sicher, ob Loki wirklich etwas mit dem Verlust des Hammers zu tun hatte. Schließlich wollte er dem Riesen, der ihn schon oft bei seinen Abenteuern begleitet hatte, kein Unrecht antun. „Du hast ihn wirklich nicht versteckt?", fragte der mächtige Gott mit dem magischen Gürtel um seinen Bauch, der ihm seine unbändige Kraft verlieh, etwas zweifelnd.

„Aber was denkst du von mir, Freund?", entrüstete sich Loki beleidigt. „Doch ich will dir verzeihen und sogar bei der Suche nach dem Verlorenen helfen, Donnergott!"

Da nickte Thor zufrieden und lud den Riesen zum Umtrunk in sein Haus, wo ihnen Sif mit mürrischem Gesicht den großen Bierkrug brachte. Sie wollte dem Riesen seine Unschuld nicht glauben, doch sie schwieg. Einen Streit mochte Sif mit dem Loki nicht beginnen.

„Ich werde meine Ohren offen halten, und sei beruhigt, wir werden Mjöllnir sicher wiederfinden!"

Da sah Thor sein Gegenüber aus schmalen Augenschlitzen drohend an. „Sollte ich den Kerl in meine Finger bekommen, der mir dies antat, so wird dieser den Zorn des Thor zu spüren bekommen." Wieder entfuhren kleine Blitze seinen Augen, während er die Worte sprach, und Sif erkannte, dass auch ihr Gatte dem Loki nicht wirklich über den Weg traute. Gierig setzte Thor den Becher an die Lippen und leerte diesen in einem Schluck. Dann rülpste er so laut, dass dies sicher auch die Menschen in Mitgard hören konnten.

*

„Was?", rief Geirrodr wütend aus. „Warum willst du meinen schönen Hammer zurück? Der Hammer ist eine Bedrohung für alle Riesen!" Er schüttelte seinen Kopf wie ein störrisches Kind. „Oh nein, Loki! Den gebe ich nicht mehr her, er gehört mir und so soll es bleiben. Wer es wagt, Hand an ihn zu legen, wird es bitter bereuen!" Der Riese wurde zornig, und er meinte seine Worte ohne Zweifel ernst. „Nun hör doch, mein Freund! Der Donnergott Thor ist mir auf den Fersen, und er ist sehr zornig", sprach Loki fast bettelnd und raufte sich sein schwarzes Haar. „Na und? Was geht das mich an?" wiegelte Geirrodr ab.

„Er fährt mit seinem Streitwagen durch ganz Asgard, und sicher wird er auch nach Riesenheim kommen", drohte Loki.

„Ich bin weder dein Freund, noch schreckt mich der Donnergott", rief Geirrodr. „Was soll der elende Schädelzertrümmerer schon ausrichten ohne seinen Hammer?"

„Vergiss nicht, er besitzt immer noch den Gürtel, der ihm ungeheuere Kräfte verleiht. Und auch seine eisernen Handschuhe fügen große Schmerzen zu", gab Loki eindringlich zu bedenken, und er bemerkte, dass der Geirrodr wankte. „Vielleicht gibt es ja etwas anderes, nachdem dir der Sinn steht? Den Hammer jedoch musst du mir herausgeben!"

Der Riese kratzte sich nachdenklich den Schädel und fuhr dann mit der klobigen, behaarten Hand durch sein lichtes Haar. „Es gäbe da schon etwas, wonach mir der Sinn stünde", sprach er zögerlich und grinste dabei merkwürdig lüstern. Loki sah ihn ungeduldig an. „Nun rede schon!" „Ich hörte, dass Freya ein besonders schönes Weib sein soll. Da würde die Vanengöttin doch gut zu mir passen, wo ich ein so hübscher Kerl bin." Er grinste von einem Ohr zum anderen und rieb sich seine Knollnase. „Als meine Gattin! Was meinst du, Asenfreund?" Geirrodr begann herzhaft zu lachen, sodass sein Haus erbebte. Und je mehr er sich vor Lachen schüttelte, umso mehr schien ihm sein Einfall zu gefallen. „Ja, bring mir dieses Götterweib, dass ich mich mit ihr vermählen kann", rief er und kicherte, als hätte er dem Loki einen Streich gespielt. „Wenn sie erst einmal einen Riesen hatte, steht ihr der Sinn nach keinem anderen Mann mehr!" „Weil sie sicher wie ein Käfer zerquetscht wurde", dachte Loki bei sich, sprach seine Bedenken aber nicht aus. „Du willst also die Freya?", fragte Loki und ließ sich seine Zweifel nicht anmerken. „Hast du das Vanenweib denn gesehen?" Geirrodr schüttelte den Kopf. „Warum dann die Freya?" wunderte sich der Loki. Die Zurückhaltung des Asenfreundes und sein Zögern bestärkten den Geirrodr nur

in seinem Wunsch, denn dieser schien dem Loki Probleme
zu bereiten, und das freute den Riesen.
„Bring mir Freya", sprach er stur. „Dann bekommt sie den
Hammer als Brautgeschenk. Was sie damit tut, ist mir
gleich!"

*

Es war ein lautes Rülpsen, das den schwarzhaarigen Riesen
empfing, als dieser über die reichlich verzierte Schwelle des
großen Langhauses Bilskimir trat. Der Hausherr saß am
Tisch, aß sein Mahl und schüttete sich aus einem großen
Becher das Bier in den Mund, sodass ihm der kühle Trunk
durch den roten Bart lief. Die Laune des Thor war sehr
gedrückt, denn der Verlust des Hammers nagte schwer an
dem Donnergott. Er hatte gewütet, und er hatte geweint.
Und nun trank er, um seine Enttäuschung zu überwinden.
Als er den Riesen sah, warf er die gebratene Hammelkeule,
die er in seiner Hand hielt, auf den Tisch, und schlug sich
mit der Faust gegen die Brust, sodass noch einmal ein lauter
Rülpser seinem Mund entfuhr. „Loki, alter Tagedieb!"
Der Gerufene erkannte sofort, dass dies nicht das erste Bier
war, das Thor an diesem Tage trank. „Nimm Platz und rede.
Was gibt es für Neuigkeiten zu berichten?"
„Gute", rief Loki grinsend. „Nur gute! Ich habe den
Hammer Mjöllnir gefunden, und ich werde dich zu ihm
führen! Ein Riese Namens Geirrodr im Riesenheim hat ihn!"
Da sprang der Donnergott von seiner Bank auf und schlug
mit der Faust auf den Tisch. „Ich werde diesem Kerl den
Schädel knacken wie eine Nuss", rief er zornig. „Soll Hel
ihn in ihr Reich berufen!"
„Thialfi, spann die Böcke vor den Wagen!", rief er den
Befehl an seinen Burschen durch das Langhaus, doch Loki

beschwichtigte den zornigen Gott, aus dessen Augen wieder kleine Blitze fuhren.

„Warte, Thor! Nicht so eilig", beruhigte der Riese den aufgebrachten Rotbart, der auf Rache sann. „Ich weiß eine List, die uns in Riesenheim Einlass gewährt."

Da sah Thor den Loki argwöhnisch an. „Ich hätte es ahnen können, dass dir etwas Hinterlistiges einfällt."

„Der Geirrodr verlangt zum Tausch für den Hammer die schöne Freya als Gemahlin!"

Da platzte es aus dem Sohn Odins heraus, und er lachte laut auf, dass sein Bauch bebte. „Er will die schöne Vanin freien? Ich lach mich tot!"

„Ich gab ihm mein Wort", sagte Loki todernst und empört über den Lachanfall des Donnergottes. Thor wischte sich die Tränen aus seinem Gesicht. „In der ersten Liebesnacht wird er das zarte Weib zermalmen wie eine Fliege."

„Das wird er nicht! Denn die Freya des Geirrodr wird ein stattliches und dralles Weib sein!" Dem Riesen mit dem schwarzen Haar huschte ein breites Grinsen über sein Antlitz.

„Wie? Warum?" Thor verstand nicht und sah Loki fragend an. Doch Sif, sein Weib, hatte verstanden und lachte laut auf. „Vielleicht habe ich ein schönes Kleid für dich", neckte sie ihren dumm dreinschauenden Gatten. Da plötzlich begriff Thor. „Oh nein! Das kommt gar nicht in Frage!"

*

„Du bist schon ein Weib ganz nach meinem Geschmack", schwärmte Geirrodr, als ihm seine vermeintliche Braut und deren Zofe an dem langen Tisch im Riesenheim gegenüber saßen. „Du siehst ganz anders aus, als man sich in Asgard erzählt. Ich glaubte dich eher dürr und ohne viel Fleisch auf den Rippen und zweifelte bereits an meiner Wahl." Dann

41

grinste er lüstern. „So aber erzählt man sich wirklich die Wahrheit! Du bist ein schönes Weib, Vanengöttin!"

Das Weib, von einem Gesichtsschleier verhüllt und wirklich von äußerst kräftiger Statur, scherte sich wenig um die Worte des liebestollen Riesen. Sie schlang und fraß die dargebotenen Köstlichkeiten mit großem Appetit in sich hinein. Und der Schleier schien sie dabei wenig zu stören. Auch dem Bier war sie sehr zugetan und soff, wie es die Riesen besser nicht tun konnten.

Sie rülpste auch und furzte ohne Scham, dass mancher an dem Tisch sich zu wundern begann. Manchmal entfuhren ihren Augen sogar kleine Blitze. Die Zofe der Freya, die ein Riesenweib war, sprach für ihre Herrin und fand für deren schlechtes Benehmen eine passende Ausrede. Die meisten Riesen gaben sich mit den Erklärungen der Zofe zufrieden, und der Geirrodr war dem Weib sowieso so sehr zugetan, dass ihr Betragen den Riesen wenig schreckte. Immer wieder hob er verschämt seine Hand, um ihr zuzuwinken. Und die falsche Freya erwiderte den Gruß, indem sie die dicke Hammelkeule hob, an der sie gerade nagte.

„Nun zeig mir schon dein hübsches Antlitz, mein Täubchen", säuselte der Riese verliebt und gierte danach, sein zukünftiges Weib, dessen Schönheit alle in Asgard und auch in Mitgard lobten, endlich von Angesicht zu Angesicht zu sehen. „Nein, nein", mischte sich da die Zofe ein, die dem Geirrodr merkwürdig bekannt vorkam. „Du kennst doch die Abmachung, die du mit dem Loki trafst!"

Da ergriff der Riese den Hammer Mjöllnir, um ihn dem Weib zum Brautgeschenk zu machen. Freundlich lächelnd legte er seiner Zukünftigen die magische Waffe des Thor in den Schoß, in der Hoffnung diese möge sein Werben erhören.

Als aber die Freya nun den Hammer des Donnergottes in Händen hielt, sprang sie auf, riss sich den Schleier vom

Gesicht und rülpste so laut, dass selbst der letzte Riese, der diesem Bankett beiwohnte, auf das dralle Weib aufmerksam wurde.

Hinter dem Schleier war ein dichter, roter Bart zum Vorschein gekommen, und die falsche Freya begann lauthals und grollend zu lachen. Mit großer Kraft ließ sie den Hammer auf die Tischplatte krachen, sodass diese zerbarst und die Leckereien, die Brathühner, das Hammelfleisch und die gefüllten Bierkrüge zu Boden fielen. „Das ist ja Thor, der elende Schädelzertrümmerer!", rief einer der Riesen, doch niemand hörte in dem Tumult auf seine Worte. Laut grölend verschwanden die falsche Freya und ihre Zofe durch die Pforte des Langhauses.

Nachdem wieder Ruhe eingekehrt war, trat einer der Riesen neben den Geirrodr und legte diesem zum Trost seine Hand auf die Schulter. Der verlassene Bräutigam aber sah zur Pforte hinaus in die dunkle Nacht und sprach traurig: „Trotz ihrer schlechten Manieren und des Bartes war sie doch ein tolles Weib!"

*

4. Die Vinlandfahrt des Thorfinn und der Gudridur

Es war ein warmer Sommer, und die Mönche zählten das eintausendzweite Jahr nach der Geburt des Herrn Christus. Auf Island galt nun schon seit zwei Jahren das Christentum als Staatsreligion, da die freien Männer, die Jarle und Goden, auf der großen Versammlung in Thingvellir dies entschieden hatten. Es gab natürlich auf der Eisinsel, genau wie in Grönland und dem christlichen Norwegen, noch viele Menschen, die an die alten nordischen Göttergeschlechter glaubten. Doch dies taten sie meist heimlich!

Thorbjarna stand auf dem Anlegesteg im Hafen von Reykjavik, an dem sein kleines dickbauchiges Schiff vertäut war. Nachdenklich besah er sich den Segler und prüfte sorgfältig, ob die beiden Männer, die mit ihren Familien den Thorbjarna und seine Tochter nach Grönland begleiten wollten, die Ladung auch gut verzurrt hatten. Im letzten Winter hatte es ihn mit seinem Schiff hierher an den großen Handelsplatz verschlagen, und er hatte bei einem reichen Kaufmann Arbeit und Unterkunft gefunden. Genau wie seine Tochter Gudridur, die als Magd auf dem großen Hof arbeitete und die der wahre Grund dafür war, das Thorbjarna seinen eigenen Hof aufgegeben hatte. Und so hatte es ihn in die Sturm- und Rauchbucht verschlagen.

Das junge Weib zählte vierzehn Jahre und war wahrlich von betörender Schönheit. Ihr langes, dunkelblondes Haar hing meist zu dicken Zöpfen geflochten über ihre Schultern hinab. Sie hatte große, blaue Augen und sanfte, fein geschnittene Gesichtszüge. Ihre Statur war makellos, und viele junge und auch ältere Männer hatten dem Thorbjarna schon ein gutes Hochzeitsgeld geboten.

Doch Gudridur war seit frühester Jugend einem Sohn des Mannes versprochen, von dem ihr Vater seinen Hof in Laugarbrekka gepachtet hatte. Dieser Mann war ein wohlhabender Jarl, und er hatte den Thorbjarna auf dem Hof wirtschaften lassen. Natürlich nicht ohne ihn täglich daran zu erinnern, dass dieses Gehöft sein Eigentum war. Doch der Isländer hatte wenig Glück, und ihn verließ sein Heil, als ihm das Weib und die zwei Söhne starben, sodass ihm nur noch seine Tochter geblieben war. Schnell kam es, dass er seine Abgaben an den Jarl schuldig blieb. Dieser aber ließ Milde walten, da er die junge Gudridur als Weib für seinen Sohn erwählt hatte. So verging noch einige Zeit, bis das Weib sechzehn Jahre zählte.

„Wie steht es nun, Thorbjarna?", fragte der Jarl den Bauern. „Deine Tochter hat das heiratsfähige Alter längst erreicht, und mein Sohn will nicht länger warten!" Er grinste begehrlich und stieg mühsam von seinem Pferd, denn der Jarl war keineswegs rank und schlank. Der Bauer lud den Herrn und seinen nicht minder fetten Sohn in sein Haus und bewirtete sie gut. „Und du erlässt mir die Schulden, wenn Gudridur deinen Sohn zum Manne nimmt?", fragte Thorbjarna ein wenig misstrauisch. „Aber ja, so soll es sein", entgegnete der Jarl in dem Wissen, dass seinem Sohn dieser Hof sowieso einmal als Erbe zufallen würde, da Thorbjarna ja nur noch diese eine Tochter besaß.

„Traust du mir etwa nicht?", fragte der Jarl ein wenig gereizt. „Ich werde ein gutes Brautgeld zahlen und den Hof dazu, schließlich sind wir dann Gesippen. Es soll also dein Schaden nicht sein."

Thorbjarna atmete tief ein, denn er ahnte, dass er mit diesem Freier seiner Tochter keinen guten Dienst erwies. „Also gut, ich will mit Gudridur reden und ihr meine Entscheidung unterbreiten." Mit dieser Antwort gab sich der Jarl zufrieden, und er verließ mit seinem Sohn das Haus.

„Und wage es nicht, uns zu hintergehen", drohte der fette Sohn, bevor die Männer den Hof verließen.

Die schöne Gudridur jedoch sträubte sich gegen eine Hochzeit mit dem fetten und hässlichen Sohn des Jarls und auch die Worte über den Reichtum des jungen Mannes konnten das schöne Weib nicht umstimmen. Thorbjarna zeigte sich tief enttäuscht, wollte aber das einzige Kind, das ihm geblieben war, nicht in diese Ehe zwingen, und so flüchtete er sich vor dem Herrn in Ausreden. Es gelang ihm, den Jarl noch um volle zwei Jahre zu vertrösten.
Im Winter war dann geschehen, wovor sich Thorbjarna gefürchtet hatte. Der Jarl kam mit seinen bewaffneten Männern und jagte ihn und seine Tochter von dem kleinen Gehöft. Ihm war nur sein kleines Knarr[12] geblieben, auf dem er von Laugarbrekka nach Reykjavik gesegelt war.
Doch der Sohn des Jarls stellte dem Thorbjarna weiter nach, denn er wollte von der Gudridur nicht lassen. So erschien er im Frühjahr in Reykjavik und pochte erneut auf die Einhaltung des Eheversprechens, mit der Androhung, dieses bei den Goden anzuzeigen. Da entschied sich Thorbjarna, der Eisinsel den Rücken zu kehren, um sein Glück in Grönland bei Erik Thorvaldsson, den man den Roten nannte, zu suchen. Und im Herbst, noch bevor die Stürme über das Land zogen, war der Tag gekommen, an dem der Bauer aus Westisland nach Norden segeln wollte. Zwei Familien fanden sich schnell, die gewillt waren, den Thorbjarna und seine Tochter nach Grönland zu begleiten, und die sogar bereit waren, für die Überfahrt zu bezahlen.
„Es ist soweit, meine Tochter. Der Wind bläst günstig und wird uns schnell nach Grönland bringen." Thorbjarna lächelte seine Tochter an, die bereits wie die anderen Frauen

---

[12] Knarr, Knorr – dickbauchiges Langschiff, meist für den Handel gedacht

an Bord des Schiffes saßen. „Die Hauptsache ist, es bringt mich weit fort von diesem fetten, lüsternen Kerl", erwiderte Gudridur, und die Frauen begannen zu feixen. Doch der Blick des isländischen Bauern verriet, dass er über die vehemente Weigerung seiner Tochter, den Sohn des Jarls zu heiraten, nicht sehr erfreut war. Schließlich entging ihm dadurch Reichtum, und zu allem Überfluss trieb es ihn aus seiner Heimat fort. Aber er hatte diesen Weg für seine Tochter gewählt, ob es ihm nun gefiel oder nicht.

Thorbjarna begab sich an Bord seines Schiffes und ergriff das Steuerruder. Einer der beiden Männer sprang auf den Steg und löste das Tau, mit dem das Schiff befestigt war. Der andere Mann und der ältere seiner beiden Söhne setzten das Segel.

*

Das ankommende Schiff wurde von dem großen Signalhorn, das auf dem Kamm der Klippe des Fjordes stand, mit einem tief dröhnenden Ton angekündigt. Sofort liefen viele Leute, die in der Ostsiedlung lebten, hinunter in den Hafen und versammelten sich auf dem Strand. Da Thorbjarna die Route nach Grönland nur aus Erzählungen kannte, hatte die Überfahrt länger gedauert als erwartet. So wurde das Knarr weit nach Norden abgetrieben, und der Isländer war gezwungen, die Ostküste entlang nach Süden zurückzusegeln. Aber die Seefahrer hatten Glück im Unglück, denn das Wetter blieb ihnen gewogen, und so fanden sie ihr Ziel. Für einige war es Ägir, der gute Meeresgott, für andere der Herr Christus, der seine schützende Hand über die Reisenden hielt.

Neugierig wurden die Ankömmlinge, die ihr Schiff an einem der Anlegestege festmachten, von den Einwohnern begafft und mit Fragen überschüttet. Da trat ein Mann aus der Menge und reichte dem Thorbjarna seine Hand, worauf dieser seinen Namen nannte und begann, seine Reisegefährten vorzustellen.

„Wir sind hierher gekommen, um uns euch Grönländern anzuschließen, denn oft erzählt man sich in Island von den fetten und grünen Wiesen eures Landes", sprach Thorbjarna, besah sich die Menschen, die ihn umgaben, und schon überkam ihn Zweifel ob seiner eigenen Worte. Keiner von denen schien hier in großem Wohlstand zu leben. Ein fast mitleidiges Lächeln huschte über das Gesicht seines Gegenübers, und der Mann stellte sich als Thorgod vor, der der Sprecher der Bewohner der Ostsiedlung war. „Ihr seid uns willkommen, aber ob ihr bleiben könnt, entscheidet allein Erik Thorvaldsson!"

Noch am Abend des gleichen Tages wollte sich Thorgod mit den Neuankömmlingen nach Brattahlid begeben, dem großen Gehöft des roten Erik, hoch oben auf einer Klippe gelegen. Und so geschah es auch!

Nachdem der Sprecher der Dorfbewohner die Isländer gut bewirtet hatte und diese sich von der anstrengenden Reise ausgeruht hatten, führte er die Männer und Frauen die Klippe hinauf. Thorbjarna als Schiffseigner und ältester Mann der Gruppe, wurde als Oberhaupt der Fremden angesehen und führte somit meist das Wort.

Erik Thorvaldsson zählte bereits zweiundfünfzig Jahre, und man sah ihm den schlechten Zustand seiner Gesundheit wohl an. Trotzdem führte er die Menschen auf Grönland mit fester Hand unangefochten an. Nichts geschah ohne seine Zustimmung!

Streng sah er die drei fremden Männer und die drei Frauen an, die fünf Kinder der beiden Familien hatte man in der Siedlung zurück gelassen. Er hob prüfend seine dichten roten Augenbrauen, die bereits von vielen grauen Haaren durchzogen waren, und hörte auf die Worte des Thorgod. Dieser nannte die Namen der Fremden und sprach von deren Wunsch, auf Grönland siedeln zu dürfen. Da erhellte sich das Gesicht Erik des Roten, und er lud sie ein, an seinem Feuer Platz zu nehmen. Leif, Thorstein und Thorvald, die Söhne des Erik, saßen bereits an einer großen Feuerstelle, die sich inmitten der Halle des großen Langhauses befand. Die Brüder redeten und tranken kühles Bier. Auch sie begrüßten die Fremden freundlich, und Leif rief nach einer Magd, die den Gästen Bier reichen sollte.

Thorbjarna begann von den Beweggründen zu berichten, die ihn dazu bewogen hatten, nach Grönland zu kommen, und die Männer, die sich dem Isländer angeschlossen hatten, taten es ihm gleich. Nun hatten sich auch Erik Thorvaldssons Weib sowie seine Tochter Freydis, die sechsundzwanzig Jahre zählte, und ihr Mann Thorvardur zu der Gruppe an der Feuerstelle gesellt, und auch sie lauschten aufmerksam der Erzählung des Thorbjarna. Nur einer in der Runde schien wenig von den Worten zu hören, denn sein Blick lag wie festgefroren auf dem Antlitz der jungen Gudridur. Es war Thorstein, der jüngste der Erikssöhne. Mit vierundzwanzig Jahren war er etwa gleichen Alters wie die beiden Männer, die mit Thorbjarna nach Grönland gekommen waren. Doch im Gegensatz zu den Fremden hatte sich der Thorstein noch kein Weib genommen, und wohl wegen der jungen Gudridur fanden die Fremden bald in dem jüngsten Sohn des Erik einen Fürsprecher für ihr Anliegen. Als sich die Gesellschaft trennte, es war schon spät in der Nacht und Thorbjarna hatte noch viele Fragen über das Geschehen auf der Eisinsel erzählen müssen, gab der Herr über Grönland endlich sein Einverständnis und nahm die neuen Siedler in die Gemeinschaft auf.

Schnell fanden die Familien Land, auf dem sie ihre Häuser bauten, und noch bevor der Winter das grüne Land in seine eisigen Krallen nahm, schliefen sie nicht mehr in ihren Zelten, sondern hatten ein festes Dach über dem Kopf.

„Es ist an der Zeit, dass ich mir ein Weib nehme", sagte Thorstein entschlossen, als er vor seinen Vater getreten war. „Daher werde ich in der Ostsiedlung einen Hof errichten, damit meine Familie ein Heim ihr Eigen nennen kann!"

Erik der Rote sah seinen Sohn mit einem breiten Grinsen auf dem Gesicht an, dabei kräuselten sich die Enden seines rotgrauen Bartes empor, sodass das sonst meist grimmige Gesicht des Vaters fast freundlich erschien. Ihm war natürlich nicht entgangen, dass Thorstein der jungen Gudridur nachstieg, seit diese vor zwei Monaten nach Grönland gekommen war. Und die junge Frau schien die Zuneigung des Mannes aus der Sippe des Erik zu erwidern.

„So, so! Weißt du denn schon, welches Weib dich haben will?", fragte der Rote gespielt neugierig und grinste.

„Es ist Gudridur! Wer sonst?", rief da die Freydis, die das Gespräch ihres Vaters mit Thorstein interessiert verfolgt hatte. Freydis lebte mit ihrem Mann Thorvardur auf Brattahlid, und obwohl sie bereits sechsundzwanzig Jahre alt war, hatte sie weder Kinder geboren noch einen eigenen Hausstand gegründet. Die einzige Tochter des Erik hatte feuerrotes Haar, genau wie ihr Vater, und sie war vom Wesen her dem Thorvaldsson sehr ähnlich. Wie dieser war sie äußerst herrisch, jähzornig und wenig kompromissbereit. Dies war auch sicher der Grund gewesen, dass sie sich mit Thorvardur einen wenig willensstarken, aber kräftigen Mann an ihre Seite genommen hatte. Erik der Rote wandte sich seiner Tochter zu, und ein böser Blick traf die Freydis. „Verschwinde, Freydis!", herrschte der Thorstein seine Schwester an, doch diese wandte sich nur beleidigt von den Männern ab.

„Ja, sie hat recht, es ist die Tochter des Thorbjarna", gab Thorstein zu, und an dem Gesichtsausdruck des Erik erkannte er, dass dieser wenig überrascht war.

„Ich denke mir, dass ihr euch bereits einig seid", mutmaßte der Vater, und sein Sohn nickte. „Dann musst du mit Thorbjarna sprechen und ihm ein gutes Brautgeld bieten! Ich werde dir geben, was du brauchst!"

Da wollte die Freydis ihre Stimme erheben, denn die Bevorzugung der Brüder ärgerte die junge Frau sehr. Doch der Vater befahl ihr zu schweigen, und Freydis trollte sich pikiert. Der Neid nagte an ihr, denn mit dem Thorvardur hatte sie sich gegen den Willen des Vaters vermählt. So erhielt sie von diesem nur wenig an Zuwendungen.

Thorvardur selbst war aber nicht wohlhabend und auch nicht seine Sippe. Er war weder Kaufmann noch Bauer, und auf Raubfahrt ging er auch nur selten. So konnte er sich auch keinen eigenen Hof leisten, welches der Grund war, dass sie weiterhin auf Brattahlid leben mussten.

Der Thorstein aber war sehr zufrieden und wusste nun, dass er die Gudridur zum Weib nehmen konnte.

Obwohl der erste Schnee bereits gefallen war, erbaute Thorstein Eriksson mit der Hilfe seiner Brüder und einiger Einwohner der Ostsiedlung, unweit des Dorfes entfernt, ein schönes Langhaus. Er hatte sich etwas Vieh gekauft, und im nächsten Frühjahr würde er ein Stück Land bestellen. Noch vor dem christlichen Weihnachtsfest hielten Thorstein und Gudridur Hochzeit. Oft kamen nun die Brüder Thorvald und Leif auf den Hof. Und auch viele Freunde trafen sich an dem Tisch des Jüngsten der Erikssöhne, denn Thorstein war ein beliebter und geselliger Mann. Nur Freydis und ihr Ehegatte blieben dem Hof in der Ostsiedlung fern, denn die Tochter des Roten neidete der Gudridur ihr Glück.

Hoch lag der Schnee, als sich die Männer wieder einmal in geselliger Runde um den Tisch des Thorstein versammelt hatten. Sie tranken heißen Met, um sich zu wärmen, lachten und scherzten. Da erhob sich der Thorvald und sprach grinsend: „Oft erzählte uns Leif von seiner Fahrt nach Vinland", er schlug dem jüngeren Bruder, der neben ihm auf der Bank saß, freundschaftlich auf die Schulter. „Von all dem Überfluss an Holz, wildem Wein und von den Lachsen, die einem dort in den Mund springen und die einen Nordmann in großem Wohlstand leben lassen!" Einige der Männer nickten, denn sie kannten die Geschichte des Leif Eriksson nur zu gut, und sie hatten mit eigenen Augen gesehen, wie voll sein Schiff bei der Heimkehr beladen war. „Nun will ich in diesem Land mein Glück suchen", sagte Thorvald und sah die Männer fragend an. „Ein Land, in dem es selbst in der kalten Jahreszeit an nichts mangelt, ist ganz nach meinem Geschmack! Und wie steht es mit euch? Wer will sich mir anschließen?"

Lang währte der Winter auf Grönland in diesem Jahr. Und als die ersten Frühlingsblumen ihre Knospen öffneten, sputete sich die Natur. Die Bäche schwollen zu reißenden Flüssen an, und das Schmelzwasser floss hinab in die See. Nun war für Thorvald Eriksson die Zeit gekommen, seine Abreise vorzubereiten. Der Grönländer scharrte einige mutige Männer um sich, die ihn auf der Reise begleiten wollten. Sogar ein Kaufmann aus Island, der zu dieser Zeit in der Ostsiedlung zu Gast war, entschied sich, dem Thorvald mit seinem Schiff zu folgen. Die Aussicht auf die reichen Güter aus Vinland hatte den Mann zu diesem Schritt bewogen. Auch Freydis und ihr Gemahl baten darum, die Expedition begleiten zu dürfen, denn der Schwester des Thorvald stand der Sinn nach dem Reichtum, den das fremde Land verhieß. Doch der ältere Bruder des Weibes lehnte die Bitte der Freydis ab. Er kannte seine Schwester nur zu gut, als dass er bereit war, sie auf solch eine Reise mit sich zu nehmen.

Ein volles Jahr wollte der Sohn des Erik in dem Land bleiben, das sein Bruder Leif entdeckt hatte, um dann mit beladenen Schiffen in die Heimat zurückzukehren.

Bald kam der Tag der Abreise, und zwei voll bemannte Großsegler lagen im Hafen der Ostsiedlung und warteten auf die Flut, um in See stechen zu können. „Im nächsten Frühjahr werde ich mit gefüllten Laderäumen heimkehren", sagte der nun zweiunddreißigjährige Thorvald lächelnd und umfasste seinen Bruder Leif freudig bei den Schultern.

„Ja, das wirst du", erwiderte dieser. „Ich habe dir oft genug den Weg zu meinem Lager beschrieben. So wird es dir sicher ein Leichtes sein, den rechten Kurs bis hin in die Bucht zu finden."

Viele Menschen waren an den Strand gekommen, um die Besatzungen der Schiffe zu verabschieden. Der Pater, der in der Kirche der Ostsiedlung das Wort des Herrn Christus predigte, die meisten Bewohner waren ja inzwischen getauft, kam, um den Reisenden seinen Segen zu geben. Die Angehörigen der Seefahrer scharrten sich um die Männer und Frauen, die sie nun für eine lange Zeit nicht mehr zu Gesicht bekommen würden. Auch die Sippe des Häuptlings war im Hafen zugegen, nur Erik selbst und seine Tochter Freydis fehlten.

Das Familienoberhaupt lag geschwächt und von Krankheit gezeichnet auf seinem Schlaflager. Seine Tochter dagegen hegte tiefen Groll gegen Thorvald und beschwor beleidigt die böse Seegöttin Ran, Freydis war immer noch fest im Glauben an die Götter des Nordens, sie möge die Seefahrer mit ihrem Netz in die Tiefen des Nordmeeres ziehen.

*

Es war bereits mehr als ein volles Jahr vergangen seit der Abreise des Thorvald, und der Priester sagte, man schreibe das Jahr 1004 nach der Geburt des Herrn. Thorstein und Gudridur lebten ohne Sorgen auf ihrem Hof am Rande der Ostsiedlung, nur war ihnen bisher der Wunsch nach einem Kind verwehrt geblieben.

Erik der Rote war im letzten Winter auf Brattahlid gestorben. Mit dem Schwert in der Hand, so wie es sich für einen Nordmann von seinem Schlage geziemte, hatte er auf seinem Siechlager gelegen und auf die Walküren gewartet, die ihn an die Tafel Odins geleiten sollten. Das Oberhaupt der Nordleute auf Grönland hatte sich stets dem Christenglauben verweigert, obwohl sein Weib und der größte Teil seiner Sippe sich dem neuen Glauben zugewandt hatten. Nun aber weilte der Rote nicht mehr unter den Lebenden, und Leif führte das Wort auf Brattahlid, da sein älterer Bruder als verschollen galt. Thorvald war nicht, wie er es angekündigt hatte, im Frühjahr aus Vinland zurückgekehrt, und so musste man annehmen, dass er den Tod im kalten Nass gefunden hatte oder dass es zu Auseinandersetzungen mit den Eingeborenen gekommen war. Da kam eines Morgens Thorstein auf das große Gehöft an der Steilküste, und Leif begrüßte seinen jüngeren Bruder freundlich und bat ihn in sein Haus. Die Frauen des Hofes, das Weib Leifs und die Mutter des jüngsten der Erikssöhne, waren von dem Besuch hoch erfreut, denn sie sahen Thorstein nicht mehr allzu oft auf Brattahlid.

„Auch ich will das Land sehen, das du im Westen entdeckt hast, Bruder", begann er zu sprechen. „Wenn Vinland wirklich soviel an Gütern hergibt, will auch ich daran teilhaben!" Überrascht sah Leif seinen Bruder an.

„Außerdem will ich nach unserem Bruder suchen", sagte er und sah dabei seine Mutter lächelnd an. Nachdenklich wiegte Leif seinen Kopf, denn der Gedanke, noch einen Gesippen in diesem Land zu verlieren, gefiel im keineswegs. Doch Thorstein war ein freier Mann, und wenn er seine Entscheidung gefällt hatte, so konnte und wollte Leif daran nichts ändern. „Mein Weib Gudridur wird mich auf der Reise begleiten, denn auch sie lockt die fremde Welt. Vielleicht werden wir dort siedeln und eine Kolonie gründen." Thorstein lachte. „So, wie es einst unser Vater hier in Grönland tat!"

Noch eine ganze Weile sprachen die Brüder über das Vorhaben Thorsteins, und Leif erklärte seinem Bruder, so wie er es schon bei Thorvald getan hatte, die Route, die er segeln sollte. Und dies würde er in der nächsten Zeit noch des Öfteren tun.

„Sei gegrüßt, liebe Schwägerin", sagte Freydis mit übertrieben freundlicher Stimme, als sie über die Schwelle des Langhauses trat. „Ist es dir recht, wenn ich eintrete?"

„Freydis?" Gudridur war nicht wenig erstaunt über diesen Besuch, denn es kam nur selten vor, das Freydis auf den Hof Thorsteins kam. Eigentlich kam die Frau mit dem feuerroten Haar nur dann, wenn sie etwas wollte. Und es sollte sich zeigen, dass es auch diesmal so war. „Was kann ich für dich tun, Freydis?", fragte Gudridur so freundlich es ihr möglich war, denn sie mochte ihre Schwägerin nicht sehr. Die Herrin des Hauses legte ihre Arbeit, mit der sie beschäftigt war, beiseite und trat auf die Schwägerin zu.

„Ach, ich hörte davon, dass mein Bruder nach Vinland segeln will", sprach Freydis wie beiläufig. „Da wollte ich einmal anfragen, wie viele Leute er gedenkt mit sich zu nehmen?" Erstaunt sah die Gudridur zuerst ihren Vater Thorbjarna an, der auf einer Bank an der Feuerstelle saß und nur gleichgültig mit seinen Schultern zuckte. Dann schweifte ihr Blick zurück auf die Schwägerin, doch die

Frage, woher sie ihr Wissen denn habe, seit dem Gespräch der beiden Brüder war noch nicht viel Zeit vergangen, stellte die Gudridur erst gar nicht. Es schien, als geschehe nichts auf Brattahlid, ohne dass Freydis sofort davon erfuhr. „Ich vermute, dass es dein Wunsch ist, mit uns nach Vinland zu segeln", sprach Gudridur gerade heraus. „Doch wer mit uns segeln wird, ist eine Entscheidung, die allein dein Bruder fällen wird. Er ist derjenige, der auswählen wird, wer uns dorthin begleitet!" Freydis erkannte sofort, dass sie bei der Gudridur nichts erreichen würde, und zog sich beleidigt zurück.

Einen vollen Monat später blähten sich die Segel der zwei schnellen Schiffe Thorstein Erikssons im Wind, und die Boote nahmen Kurs nach Südwesten. Sorgsam hatte der Anführer der Entdeckungsreise die Besatzungen ausgesucht, doch die Freydis und ihr Mann waren nicht an Bord. Der Sommer verging, und noch ehe die heftigen Herbststürme über das Land hinweg fegten, kamen die beiden Schiffe, mit denen der Thorstein nach Vinland gesegelt war, zurück in den Hafen der Ostsiedlung. Sie hatten die Langhäuser des Leif Eriksson, die dieser vier Jahre zuvor errichtet hatte, nicht finden können, und zu allem Überfluss war der jüngere Bruder des Vinlandentdeckers schwer erkrankt. Also hatte die Gudridur beschlossen, die Suche nach der Siedlung abzubrechen und nach Grönland zurückzusegeln. Die Bestürzung über den Abbruch der Reise war in der ganzen Ostsiedlung groß. Nur einer Person war die Schadenfreude darüber anzusehen. Nicht lange nach der Ankunft erlag Thorstein Eriksson seiner schweren Erkrankung, und Gudridur wurde zur Witwe. Sie führte den Hof mit der Hilfe ihres Vaters, so wie es ihr Mann getan hatte, und weder der Knecht noch die Magd wagten es ungehorsam zu sein. Schließlich gehörte die Bäuerin zur Sippe Leif Erikssons, und es wäre ihnen schlecht bekommen. Als dann die Trauerzeit der Gudridur beendet war, begannen die Männer der Ostsiedlung und auch einige Kaufleute, die mit Ihren Schiffen nach Grönland kamen, die Frau zu bedrängen. Doch es war keiner unter ihnen, an dem das Weib Gefallen fand. Nun wurde die Zahl der Freier aber nicht weniger, und es erging der Gudridur so wie einst in ihrer alten Heimat. Da beschloss sie, sich unter den Schutz des Leif Eriksson zu begeben und nach Brattahlid auf die Steilküste zu ziehen. Leif empfing seine Schwägerin mit offenen Armen, und sie lebte fortan auf dessen Hof im Kreise seiner Sippe.

Im Sommer des folgenden Jahres kam ein Mann in die Ostsiedlung, der einmal der Steuermann auf dem Schiff des Thorvald Eriksson gewesen war, und er berichtete vom Tode des ältesten der Erikssöhne. Von den Pfeilen der Skraelinge, der Eingeborenen Vinlands, durchbohrt, war der Schiffsführer gestorben. Nun endlich hatte man Gewissheit auf Brattahlid, und alle waren trotz ihrer Trauer zufrieden, dass Thorvald als Krieger starb.
Die Saga von der Entdeckung des neuen fruchtbaren Landes im Westen verbreitete sich über Island nach Norwegen bis nach Schweden und in das Reich der Dänen. Sehr viele Kaufleute und Seereisende kamen nach Grönland, um die Geschichten zu hören, und viele von ihnen hatten auch von der schönen Witwe Thorsteins gehört. Einige wagten es, bei dem Sippenoberhaupt um sie zu werben, doch Gudridur wies alle ab, obwohl ihr Leben auf Brattahlid nicht leicht für sie war. Das Weib war bescheiden und fleißig, so gab sie ihrem Schwager Leif keinen Grund zur Klage. Auch die Bosheiten der Freydis, die eifersüchtig um die Gunst des Bruders buhlte, ertrug sie meist mit stoischem Gleichmut. Dann aber, im Herbst des Jahres 1006, kam ein isländischer Kaufmann in die Ostsiedlung und auch auf den Hof des Leif

Eriksson. Dieser Mann war dem Leif nicht unbekannt, denn er hatte schon oft mit ihm Handel getrieben auf seinen Fahrten nach Island, oder wenn dieser nach Grönland kam. Der Seefahrer hieß Thorfinn Karlsefni Thordarsson, er war um zwei Jahre jünger als der Herr von Brattahlid, und er war ein reicher und rechtschaffener Mann, daher erfreute er sich des Wohles des Grönländers. Freundlich wurde er auf dem großen Hof empfangen. Leif selbst reichte ihm den Willkommenstrunk und lud den Thorfinn ein, als Gast in seinem Haus zu bleiben. Der Isländer war darüber sehr erfreut und nahm das Angebot dankend an.

An den ersten Tagen beschäftigte der Hausherr sich viel mit seinem Gast. Die Männer wickelten ihre Geschäfte ab, tranken viel Met und redeten. Am Abend war meist die ganze Sippe in der Halle des Langhauses zugegen und feierte ausgiebig, sodass dem Leif schon bald die Zudringlichkeit seiner Schwester Freydis gegenüber dem Gast ins Auge fiel. Nicht nur dem Hausherrn missfiel das Gebaren seiner Schwester, auch deren Ehemann Thorvardur schien wenig erfreut. So wies das Sippenoberhaupt die Freydis zurecht, bevor es zum Streit zwischen den Männern kommen sollte, worauf diese wütend die Halle verließ. Doch die Aufmerksamkeit des Gastes lag keineswegs bei der rothaarigen Freydis, sondern war längst auf ein anderes Weib gefallen. Ein ausgesprochen schönes Weib!

„Wer ist die Frau, die den Namen Gudridur trägt?", fragte Thorfinn den Leif einige Tage später, nachdem er die Schöne zuvor eindringlich beobachtet hatte. „Sie ist immer ohne Begleitung! Wo ist ihr Mann? Oder hat sie keinen?"

„Sie ist die Witwe meines Bruders Thorstein, der vor drei Jahren starb", gab Leif bereitwillig Auskunft. „Seither ist meine Schwägerin ohne Mann. Nicht, dass es ihr an Freiern mangelte! Nein, der Rechte war wohl noch nicht dabei!"

„Dann lass es mich versuchen! Vielleicht kann ich ihr Herz

für mich gewinnen", bat Thorfinn, und Leif als Oberhaupt der Sippe sah einen Moment nachdenklich drein. Ja, dies war ein guter Vorschlag! Thorfinn gefiel dem Eriksson gut, schließlich war er ein erfahrener Seefahrer und erfolgreicher Kaufmann. Und er war nicht arm und bestimmt für ein Weib ein guter Ehemann. Da nickte Leif und sprach: „Ja, ich bin damit einverstanden! Gudridur braucht einen Mann, und du scheinst mir der Richtige zu sein!"

Noch an demselben Abend sprach er erst mit seinem Weib über die Angelegenheit und ließ dann, nach deren Zustimmung, die Gudridur in die Halle rufen. Gemeinsam unterbreiteten sie der Witwe Thorsteins die Absicht des Thorfinn Karlsefni Thordarsson und versuchten, der Gudridur den isländischen Freier schmackhaft zu machen. Doch der Kaufmann zögerte noch, mit seinem Vorhaben vor die Frau zu treten, für die sein Herz entflammt war. So blieb ihr genügend Zeit, den Freier zu beobachten, und was sie sah, gefiel ihr nicht schlecht. Thorfinn hatte eine kräftige Statur, war von hellem Geist und hatte ein für Frauen ansprechendes Gesicht. Kaum eine hässliche Narbe verunstaltete ihn, und auch sonst konnte Gudridur kaum einen Makel an dem Thorfinn finden.

Einige Tage später wagte der Kaufmann, endlich das Wort an Gudridur zu richten, und er sprach: „Du bist ein wahrlich schönes Weib, und du bist allein, so wie ich! Zuerst waren es meine Augen, die dich begehrten, und nun ist es mein Herz, das nach dir ruft! Morgen werde ich nach Island segeln, doch ich will bald wieder zu dir zurückkehren, und dann werde ich dich, so du es willst, zu meinem Weib nehmen!"

„Ich weiß nicht viel über dich, Thorfinn Karsefni Thordarsson", gab die Frau dem Kaufmann zur Antwort. „Und auch du weißt nur wenig über mich! Wie soll ich da eine Entscheidung treffen?", zweifelte sie.

Thorfinn sah dies ein, und so verbrachten die beiden den Abend gemeinsam, um miteinander zu sprechen. Als sie sich aber spät in der Nacht trennten, wusste die Gudridur alles über den Kaufmann.

Am nächsten Morgen setzte der Isländer sein Segel, so wie er es angekündigt hatte, und fuhr in seine Heimat zurück. Von da aus begab er sich auf eine lange Handelsfahrt, die ihn bis nach Dänemark und sogar an die Küste des Sachsenlandes führen sollte. Den ganzen Sommer über, bis in den Herbst hinein, war er fern von Island, und nun bemerkte der Mann, der inzwischen dreißig Jahre alt war, wie sehr es ihn zu der schönen Gudridur hinzog. Und auch das Weib im fernen Grönland verspürte, seitdem sie wusste, dass sie von Thorfinn begehrt wurde, ein seltsames Verlangen nach dem Mann und sehnte seine Rückkehr herbei.

Dann, im Spätherbst des Jahres 1007, war es endlich soweit, und das Schiff des Isländers erschien, so wie er es versprochen hatte, im Hafen der Ostsiedlung. Gudridur war aufgeregt wie ein junges Mädchen, als sie davon erfuhr, und die Ankunft so spät im Jahr konnte nur bedeuten, dass Thorfinn gedachte, den Winter in Grönland zu verbringen. So geschah es auch! Als der Schnee schmolz und das Frühjahr kam, heiratete der Kaufmann die Witwe Thorstein Erikssons.

Das Jahr verlief für Thorfinn Karsefni Thordarsson äußerst zufriedenstellend. Er baute für sich und sein Weib ein großes Langhaus, nicht weit entfernt der Steilküste, auf der der Hof Brattahlid stand, und seine Lagerräume füllten sich rasch mit den Erzeugnissen des Landes, die er zusammenkaufte. Im Sommer ging er dann auf eine Handelsfahrt nach Norwegen, um die Waren zu verkaufen, und kehrte mit gefülltem Laderaum unbeschadet nach

Grönland zurück. Und seine Handelsgegenstände, die er mit sich brachte, waren in der Ostsiedlung und in ganz Grönland sehr begehrt. So mehrte sich der Reichtum des Kaufmannes stetig. Nun verbrachte er viel Zeit an der Seite seines Weibes Gudridur und war bemüht, eine Familie zu gründen. Auch wurde er oft an das Feuer des Leif Eriksson gebeten, und die Männer sprachen viel über die Reise nach Vinland. Mehr und mehr fand Thorfinn Gefallen an dem fernen Land, das er nur zu gerne mit seinen eigenen Augen gesehen hätte. So fasste der Isländer Thorfinn den Entschluss, zu dem Land zu segeln, das ihm Leif als so prächtig beschrieb.

„Ich werde es so machen, wie es dein Vater hier in Grönland tat", sagte er mit Stolz in der Stimme zu Leif Eriksson.

„Eine Siedlung werde ich dort bauen! Und in jedem Sommer bringe ich die Güter des Landes nach Grönland, und du schaffst sie auf die Eisinsel und nach Norwegen. So haben wir beide etwas davon!" Leif gefiel dieser Einfall recht gut, denn er selbst hatte schon mit dem Gedanken gespielt, in Vinland einen Handelsstützpunkt zu errichten. Nur fehlte ihm ein Mann, dem er sein Vertrauen schenken konnte, da seine beiden Brüder nicht mehr unter den Lebenden weilten, und er selbst Grönland nicht verlassen wollte. Da war ihm der Thorfinn schon genehm.

Schon bald darauf waren sich die beiden Männer einig, und der Isländer ließ die Kunde von seinem Vorhaben verbreiten. Diese fand sogar den Weg bis nach Island, und noch im Spätsommer des Jahres 1008 kamen zwei fremde Schiffe in den Hafen der Ostsiedlung gesegelt.

An Bord der beiden Großsegler waren viele Menschen, die gewillt waren, ihr Glück in der neuen Welt zu suchen, und schon bald brach die kleine Flotte nach Vinland auf.

Es war Spätherbst des Jahres 1008 n. Chr., als der Ausguck das fremde Land sichtete, und Thorfinn sein Schiff nun die

Küste entlang nach Süden steuerte. Weit über hundert Männer, Frauen und Kinder hatten sich dem Befehl des Thorfinn Karlsefni Thordarsson unterstellt, als sie sich in der Hoffnung auf ein besseres Leben seiner Expedition anschlossen. Unter ihnen war auch Freydis Eriksdottir, der es gelungen war, endlich ihren sehnlichsten Wunsch in die Tat umzusetzen. Ihr Mann Thorvardur hatte es wirklich geschafft, von dem Schiffseigner das Einverständnis zu erbetteln, an Bord zu dürfen. Und da es an Kriegern und kräftigen Männern auf solch einer Fahrt nicht mangeln sollte, gab Thorfinn trotz der Zweifel seines Weibes nach. Als sie Grönland verlassen hatten, fiel im Gebirge bereits der erste Schnee, und in den Fjorden begann das Wasser zu gefrieren. Auch sahen sie in der offenen See Eisschollen treiben, doch hier an der Küste des neuen Landes war von dem nahen Winter noch keine Spur. Sie segelten weiter nach Süden, und bald entdeckten sie einen langen Sandstrand, auf den sie die Kiele ihrer Schiffe zogen und ein großes Lager errichteten. Dies war ein schöner Platz, der vielen Menschen im Gefolge des Thorfinn Karlsefni Thordarsson zum Siedeln als gut geeignet schien, und sie nannten ihn Wunderstrand. Dichter Wald reichte bis an das sandige Ufer hinunter, genau wie es sich die Siedler erhofft hatten. „Das ist gutes Land", sagte einer der Schiffsführer, dessen Name Thorhall war. „Wozu also weiter suchen? Wir sollten hier bleiben und unsere Kolonie errichten", schlug er mit großer Überzeugung vor. Doch Thorfinn wollte weiter nach Süden segeln, denn dies war nicht das Vinland des Leif Eriksson, das er zu finden hoffte. Gründlich hatte er in dieser Gegend nach der Siedlung des Grönländers gesucht, war sogar mit dem Schiff in jede Flussmündung gesegelt, die er fand. Jedoch ohne Erfolg. Einige Zeit gönnte er den Frauen und Kindern noch Ruhe, dann aber bestiegen sie ihre Schiffe und stießen wieder in See. Die Großsegler folgten weiter dem

Verlauf der Küste dieses Landes, dem Leif Eriksson einst den Namen Markland gegeben hatte, zwei volle Tage lang, und erreichten eine in einem breiten Meeresarm gelegene Insel. Beim Anblick mehrerer Bären, die am Ufer herumtollten, gaben sie der Insel den Namen Bjarney. Mit vereinten Kräften wurden die Kiele auf den Strand gezogen, und Kundschafter suchten nach einem geeigneten Platz, der Nahrung für Mensch und Vieh bot. Wieder wurde ein Lager errichtet, doch diesmal sollten es feste Hütten sein, denn Thorfinn hatte beschlossen, hier den Winter zu verbringen. Zu groß waren die Reisestrapazen, besonders für die Kinder an Bord. Also würde man das Frühjahr abwarten, um dann die Suche fortzusetzen.

Doch schon bald kam es zu Streitigkeiten zwischen den drei Schiffsführern. Während der eine namens Snorri Thorbrandsson weiterhin bereit war, dem Oberbefehl des Thorfinn Karlsefni zu folgen, begann sich Thorhall aufzulehnen. Er hatte es satt, sich dem Thorfinn weiterhin zu unterstellen, der sich manchmal wie ein Jarl oder Seekönig gebärdete. Und es gab noch andere Männer, die sich daran stießen, denn der Isländer war zwar ein reicher Kaufmann, aber er war weder von Geburt ein Anführer, noch war er von den Leuten zum Häuptling gewählt worden. Sie hatten sich ihm lediglich als Siedler angeschlossen. Also entschied sich Thorhall, mit über vierzig Menschen in seinem Gefolge, dem Thorfinn den Rücken zu kehren und zum Wunderstrand zurückzusegeln. Doch sie sollten ihr Ziel nie erreichen!

*

Spät kam die kalte Jahreszeit in dem neuen Land, doch es vergingen viele Wochen, bis der Schnee wieder schmolz und Thorfinn den Befehl zum Aufbruch geben konnte.

Er hatte den ganzen Winter über an seinem Vorhaben festgehalten, die Siedlung des Leif Eriksson zu finden, und so segelten sie, der Küste folgend, nach Südosten.

Es war die breite Mündung eines Flusses, die die Aufmerksamkeit des Thorfinn erweckte. Hatte Leif nicht öfter von einem breiten Fluss gesprochen, in dem man die Lachse mit der bloßen Hand fischen konnte? Der Isländer hatte keinen Zweifel mehr daran, dass er nun Vinland gefunden hatte. Also gab er den Befehl, in den Fluss hinein zu steuern. Sie fuhren den breiten Strom entlang und gelangten in einen großen See, wo sie an geeigneter Stelle ihre Schiffe auf das Ufer zogen. Der größte Teil des Landes war von dichten Wäldern bedeckt, doch es gab auch freies, flaches Land, auf dem gelber Weizen wuchs und Hügel voll von wildem Wein.

„Dies ist das Land, das ich suchte!", rief Thorfinn seiner Gefolgschaft zu. „Hier muss Vinland sein, und hier wollen wir bleiben!"

„Auch wenn wir das Lager des Grönländers nicht fanden, bin ich doch überzeugt davon, dass dies der rechte Platz ist", sagte Thorfinn Karlsefni, nachdem die Männer die Umgebung ausgiebig erkundet hatten. Und seine Begleiter waren der gleichen Meinung.

Es dauerte nicht lang, und auf einer Lichtung erwuchs, von den geschickten Händen der Männer und Frauen erbaut, eine neue Siedlung. Mehrere große Langhäuser standen nun um einen freien Platz angeordnet. Doch es gab auch einige Männer, die es vorzogen, mit ihren Familien nicht in einem Dorf zu leben, und daher in der Umgebung Gehöfte errichteten. Bis zum Hochsommer hatten sich alle Nordleute rund um den See angesiedelt, und es gab mehrere Dörfer und auch einige große und kleine Bauernhöfe. Die größte Ansiedlung aber war die, die Thorfinn bei seiner Ankunft errichtet hatte, und er nannte sie Höp.

Hierher kamen die Bauern und die Menschen der anderen Dörfer, um miteinander Handel zu treiben und um gemeinsam Feste zu feiern. Sogar eine kleine Kirche wollte Thorfinn in Höp bauen, damit die vielen Christen ihre Gottesdienste abhalten konnten. Die wenigen Asenanbeter unter ihnen hatten sich einen Opferplatz in den Hügeln gesucht, an dem sie ihren Göttern huldigten. Zu ihnen gehörte auch Freydis Eriksdottir.

Ein halbes Jahr war vergangen seit der Ankunft in Vinland, da kam es zu ersten zaghaften Begegnungen mit den Eingeborenen dieses Landes. Die Farbe ihrer Haut war bräunlich, und fast alle hatten rabenschwarzes Haar. Auch waren sie weitaus kleiner als die Nordleute, aber sicher nicht weniger kräftig als diese. Ihre Waffen ließen vermuten, dass sie tapfere Krieger und gute Jäger waren. Dies mussten die Menschen sein, die Leif Eriksson Skraelinge[13] genannt hatte. Doch wie Feiglinge kamen dem Thorfinn diese Männer nicht vor. Diese Wilden mit ihrem Lendenschurz, der die Hüften bedeckte, ihren ledernen Beinlingen und den bunten Federn in ihrem Haar, die sich nahe vor die Siedlung wagten, waren furchtlos und mutig. Und darum ließ der Anführer einen hohen Palisadenzaun um die Siedlung bauen.
Schon bald begann ein reger Handel und Warenaustausch zwischen den Nordleuten und den Eingeborenen dieses Landes, die nun oft an die Siedlung heran kamen. Und da sie sich friedlich zeigten, waren sie von den meisten Dorfbewohnern gern gesehen. Der Handelsplatz war ein großes, mit wilden Gräsern bewachsenes Feld vor dem hölzernen Tor, das in die Siedlung führte. An dieses Feld grenzten die Weiden, auf denen das Vieh der Nordleute graste. Immer öfter kamen nun die Skraelinge auf diesen

---

[13] Skraelinge - Feiglinge

Handelsplatz, errichteten dort sogar ihre Zelte und blieben über mehrere Tage. Die Frauen drängten ihre Männer zu der Siedlung, denn die Erzeugnisse der weißhaarigen Fremden waren sehr beliebt. Aber auch die Felle und Lederwaren sowie der Schmuck, den die Frauen der Eingeborenen herstellten, fanden bei den Nordleuten großen Zuspruch. So verlief der erste Sommer friedlich und ohne Zwischenfälle.

Dann kam der Winter, und die Skraelinge kamen zu Anfang nur noch selten und dann gar nicht mehr zu der Siedlung Höp. Man erzählte sich, sie seien in ein weit entferntes Winterlager gezogen. Doch als der Schnee schmolz und es Frühling wurde, waren sie zurückgekehrt, und der Handel auf dem Platz vor der Palisade erwuchs erneut.

Dann, es war im Sommer des Jahres 1009, geschah das Unglück, das die guten Beziehungen der Nordleute zu den Skraelingen nachteilig verändern sollte.

Es war ein schöner, sonniger Tag, und es herrschte reges Treiben in der Siedlung und vor dem Tor auf dem Handelsplatz. Plötzlich durchdrang ein gellender Schrei die Geräusche des Markttreibens, und die Leute sahen einen jungen Eingeborenen in seinem Blut auf dem staubigen Boden liegen. Über den Unglücklichen gebeugt schnaubte wütend einer der Bullen und stieß immer wieder sein blutrotes Horn in den Körper des Mannes.

Wohl vom Stich einer Biene gereizt, hatte das kräftige Tier zu toben begonnen und war auf die Wiese mit den Händlern gestürmt. Ängstliche Schreie hallten nun über den Platz. „In die Siedlung! Hinter den Zaun", rief einer der Männer, der die Gefahr erkannt hatte. „Schnell hinter den Zaun!" Sofort liefen die Frauen und Kinder durch das Tor, während einige Männer mit ihren Waffen versuchten, den Bullen von dem Tor fern zu halten. Auch die Eingeborenen wollten im Inneren der Siedlung Schutz suchen, doch Thorvardur, der Ehemann der Freydis, versperrte ihnen mit dem Schwert in der Hand den Weg. „Jagt sie zurück!", rief er. „Lasst die Skraelinge nicht in die Siedlung hinein!"

Als die Männer dies hörten, folgten sie seinem Beispiel und verweigerten den Eingeborenen, die sie noch kurz zuvor als Gäste sahen, den Zutritt in das Dorf. Nun, da die Skraelinge erkannten, dass die Weißhaarigen ihnen den Schutz ihrer Zäune verweigerten, flohen sie in den nahen Wald. Doch für einen jungen Mann, kaum dem Knabenalter entwachsen, und für eine Frau war es zu spät.

In der Nacht waren die Skraelinge gekommen, um ihre Toten und all ihr Eigentum zu holen, das sie bei der Flucht zurück gelassen hatten. Fortan kamen nur noch selten Männer oder Frauen des Stammes, um Handel zu treiben, und es dauerte nicht lang, da blieben ihre Besuche ganz aus.

Thorfinn war über das eigenmächtige Vorgehen des Thorvardur sehr erbost, und er ahnte, dass dies noch böse Folgen haben würde. Natürlich hatte er die Palisaden zum Schutz seiner eigenen Leute errichten lassen, doch den Schwarzhaarigen den Schutz zu verweigern, hielt er für einen großen Fehler, der sich noch rächen würde. Schon bald sollte sich diese Ahnung bestätigen.

Es war schon einige Zeit seit dem Zwischenfall mit dem Bullen vergangen, da zeigten sich erste Auswirkungen dieses Dramas. Ein Trupp von Jägern hatte sich, so wie sie es gewohnt waren, in die nahen Wälder begeben, um frisches Fleisch zu holen. Bald würde es Herbst werden, und es war an der Zeit, die Vorratshäuser zu füllen. Nur wenige Tage vergingen, da waren die Jäger bereits wieder in der Siedlung, denn es hatte ein Kampf stattgefunden. Einige Männer waren verletzt, ein Jäger fehlte gar.

Die Jagdgründe der Eingeborenen sollten den weißhaarigen Eindringlingen fortan verwehrt bleiben, und so hatten sich die Krieger ihre Gesichter mit roter Farbe bemalt, um den Feind zu bekämpfen.

Am nächsten Morgen fanden die Nordmänner ihren vermissten Gefährten vor dem Tor der Siedlung. Er war furchtbar entstellt, und das Leben war längst aus seinem geschundenen Körper gewichen. Von nun an sollte es immer wieder zu Überfällen der rot bemalten Krieger auf die Siedlung und die umliegenden Höfe der Nordleute kommen. Und die Wikinger beantworteten die Überfälle damit, dass sie jeden Eingeborenen, der ihnen begegnete, ohne Gnade erschlugen. So mussten auch viele Rotgesichter unter den Schwertern und Äxten der Nordmänner ihr Leben lassen. Erst als es Winter wurde, ließen die Konfrontationen nach, da die Schwarzhaarigen in ihr Winterlager zogen.

*

Kalt war der Winter und hoch lag der Schnee in diesem Jahr. So wie sie es in ihrer Heimat getan hatten, versammelten sich die Menschen an den Abenden in der Halle des größten Langhauses der Siedlung, um sich die Zeit zu vertreiben. Da trat Gudridur neben ihren Ehemann, der sich angeregt mit einigen Männern unterhielt. „Thorfinn, es ist an der Zeit, dir etwas zu sagen."
Erstaunt sah der Anführer der Siedler sein Weib an und fragte diese, was denn wohl so wichtig sei. „Wenn der Winter sein Ende findet und das neue Jahr erwacht, wirst du Vater werden! Ich gehe mit einem Kind unter dem Herzen!"
Über diese Nachricht war Thorfinn mehr als erfreut, und sie war auch der Grund für ein großes, ausschweifendes Fest, zu dem die Nordleute aus den um den See verteilten Gehöften und Siedlungen nach Höp kamen. Ein Bulle musste sein Leben lassen, um über dem Feuer zu rösten. Fette Eintöpfe und frischgebackenes Brot wurden gereicht, dazu Bier, säuerlicher Wein, und heißer Met. Alle freuten sich über die Großzügigkeit des Thorfinn Karlsefni

Thordarsson, da das Kind ja noch gar nicht geboren war, und sie hofften darauf, dass die Geburt noch einmal ein großes Fest bringen würde.

Dann kam der Frühling. Die Rotgesichter kehrten zurück, und die Kämpfe entfachten erneut auf das Heftigste.

Viele Männer fanden den Tod! Bei den Nordleuten griffen nun sogar die Frauen zu Schwert, Lanze und Axt, um gegen die Angreifer vorzugehen, denn die Siedlungen waren in größter Gefahr. Besonders Freydis Eriksdottir schien Gefallen an dem Kampf mit den Rotgesichtern zu finden und tötete die Feinde mit Freude und ohne Gnade. Einmal, als die Lage für die Nordmänner schlecht stand und diese schon den Rückzug antreten wollten, da riss sie sich das Kleid vom Leib und schlug mit dem blanken Schwert gegen ihre entblößten Brüste. Laut schreiend stürmte sie den Männern voraus, dem Feind entgegen. Und die Skraelinge ergriffen die Flucht. Eine Frau, die so gnadenlos zu kämpfen vermochte, war ihnen nicht geheuer.

Die Zeit verging, und im Frühsommer gebar die Gudridur dem Thorfinn einen gesunden und kräftigen Sohn, den sie auf den Namen Snorri tauften, denn das Weib war eine glühende Verehrerin des Christengottes. Dieser Knabe war das erste Kind der Nordleute, das in Vinland geboren wurde. Und wieder gab der Anführer ein rauschendes Fest, ohne Rücksicht auf die Vorräte zu nehmen. In diesem Sommer gebaren auch andere Frauen der Siedlung ihre Kinder, und der Thordarsson freute sich, dass die Zahl der Nordleute endlich wieder wuchs. Zum Ärger aller wurden die kriegerischen Übergriffe der rotgesichtigen Skraelinge nicht weniger. Zwar waren die Nordmänner den Angreifern durch ihre eisernen Äxte und scharfen Klingen im Kampf weit überlegen, doch starben auch immer wieder Krieger aus den Reihen des Thorfinn Karlsefni Thordarsson, da man sie meist aus dem Hinterhalt überfiel. Immer kleiner wurde so die Zahl der wehrfähigen Männer, und Thorfinn war schließlich kein Narr, dass er nicht wusste, wohin dies führen würde.

Nach und nach gaben die Bauern ihre Höfe auf und zogen mit ihren Familien in die Siedlungen, denn sie waren kaum mehr in der Lage, ihr Eigentum gegen die Überfälle zu schützen. So blieben die Siedlungen, allen voran Höp, die sichersten Orte in dem neuen Land.

Dann, im Hochsommer, kam es zu einem ersten großen Angriff auf die gut befestigte Siedlung, und wieder starben mehrere Verteidiger. Doch die eisernen Waffen der Nordleute hatten dem Feind große Verluste zugefügt, und diese zogen sich für eine Weile zurück. Die Lage, in der sie sich nun befanden, gefiel Thorfinn Karsefni in keiner Weise. Das ersehnte Traumland war zu einem blutigen Schlachtfeld geworden, und so überkamen ihn bald große Zweifel an seinem Tun. Doch es sollte noch einige Zeit vergehen, bis Thorfinn alle Nordleute nach Höp auf das Thing rief.

Auf dieser Ratsversammlung, zu der auch die Männer und Frauen der anderen Siedlungen kamen, verkündete der Anführer seine Absicht, Vinland zu verlassen, um in die alte Heimat zurückzukehren. Alle Männer sollten nun ihre Meinung kundtun und sagen, ob sie bereit waren, dem Thorfinn zu folgen. Zu groß war die Bedrohung geworden, als dass die Nordleute hier noch in Frieden leben konnten.

Es war im Herbst des Jahres 1010, da lagen die Schiffe der Nordleute, voll beladen mit all den Gütern dieses schönen Landes, am Seeufer vertäut. Verbissen hatten sich die Wikinger gegen die Eingeborenen zur Wehr gesetzt, hatten sie zur Abschreckung auf das Grausamste gefoltert und gepeinigt. Hatten abgeschlagene Hände und Köpfe an die Bäume des nahen Waldes genagelt, um die Angreifer zu schrecken und ihnen zu zeigen, was sie erwartete, würden sie wieder kommen. Doch die Übermacht des Feindes war so groß wie ihr Mut. Mehr und mehr rot bemalte Krieger kamen, um zu kämpfen, und viele von ihnen verloren ihr Leben. Es kam aber soweit, dass den Siedlern aus Grönland und von der Eisinsel letztendlich nur noch die Siedlung Höp blieb.

Der Tag der Abreise war gekommen! Nach drei Jahren verließen die Nordleute um Thorfinn Karlsefni Thordarsson ihre Siedlung in Vinland, um in die alte Heimat zurückzukehren. Als die kleine Flotte in die Mündung des Flusses segelte, ruhten viele dunkelbraune Augen auf ihr. Ohne Zwischenfälle erreichten die Großsegler den Fjord, in dem sich die Ostsiedlung befand, und sie wurden voller Freude von den Einwohnern begrüßt, als sie die Schiffe an den Steg steuerten. Auch wenn der Thordarsson Vinland wieder verlassen musste, so hatte er mit den Gütern des Landes doch seinen Reichtum gemehrt. Einen Winter blieb Thorfinn mit seiner Familie noch in Grönland, dann zog es ihn in seine alte Heimat Island zurück. Nicht weit seines Heimatortes Reynines, den er vor mehr als vier Jahren verlassen hatte, wollte er sich nun niederlassen. So erbaute er in Glaumbaer am Skagafjord einen großen Hof.

Lange nach dem Tode des Thorfinn Karlsefni, zu der Zeit, da ihr Sohn Snorri Hochzeit hielt, begab sich die streng Gläubige Gudridur Thorbjarnadottir auf eine lange Pilgerreise nach Rom. Der Sohn erbaute für seine Mutter während ihrer Abwesenheit, ganz in der Nähe des Hofes, eine kleine Kirche. Als Gudridur dann endlich heimkehrte, war sie eine Nonne geworden und lebte fortan als Eremitin in dem kleinen Gotteshaus.

*

5. Harald und die schöne Sigrid

Der einstige Kleinkönig Gudröd hatte einen Sohn, und sein Name war Harald. Als aber Gudröd von seinem Bruder im Kampf um die Herrschaft in Norwegen getötet wurde, brachten die treuen Gefolgsmänner den Königssohn nach Grönland auf den Hof eines Mannes, der dem Gudröd einst in Freundschaft verbunden war.

Hroi, der wegen der Farbe seines Haares auch der Weiße genannt wurde, nahm Harald bei sich auf und erzog diesen zusammen mit seinem eigenen, gleichaltrigen Sohn Hrani. Schon im Alter von vierzehn Jahren gingen sie mit Hroi dem Weißen auf Wikingfahrt, und kaum drei Sommer und Winter später rüsteten die jungen Männer ein eigenes Schiff aus.

Sie segelten durch das Nordmeer in den dänischen Sund und weiter in die warägische See. Dort verheerten sie die Küsten von Dänemark, Polen und dem Sachsenland. Doch dann wurde es Herbst, und sie beschlossen, ihre Beute auf einem Markt zu veräußern. So fuhren sie nach Schweden zur großen Handelsstadt Birka, am Mälarsee gelegen. Die ersten Schneeflocken waren bereits gefallen, als sich der Kiel ihres Knarrs in den Strand des Handelsplatzes bohrte. Sofort nach der Ankunft begaben sie sich, gefolgt von weiteren fünf Männern, auf den Markt der Stadt, um einen Käufer für ihre Waren zu finden. Doch so gut sich die jungen Krieger in der Beschaffung ihrer Waren anstellten, so schlecht waren sie, wenn es darum ging, diese wieder zu veräußern.

Endlich hatten sie nach langem Verhandeln ihr Geschäft abgeschlossen, als plötzlich ein Mann an Harald herantrat. Er war in feinste Gewänder gekleidet und trug nur Waffen der besten Machart.

„Ihr seid sicher nicht die geborenen Kaufleute, mein junger Freund", sagte er ein wenig vorwurfsvoll, lächelte aber dabei. „Ich habe euer Geschäft beobachtet und muss sagen, dass man euch ganz schön über's Ohr gehauen hat!"

„Wer bist du, dass du es wagst, uns anzusprechen?", sagte da Hrani böse.

„Oh, entschuldige, Freund", lenkte der Mann ein, denn ihm war sicher nicht nach einem Streit zumute. „Mein Name ist Skögul Tosti, und ich besitze einen großen Hof weiter im Süden gelegen."

„Was geht es dich an, wie wir verhandeln, Skögul Tosti?" blaffte Hrani den Fremden an, da er sich in seiner Ehre gekränkt fühlte. Da legte ihm Harald seine Hand beruhigend auf die Schulter. „Lass nur, Bruder, der Mann hat ja recht. Wir haben uns wirklich äußerst dumm angestellt und sicherlich von dem Kerl reinlegen lassen."

Er begann zu grinsen. „Unsere Beute war gewiss mehr wert, als der Händler uns zahlte! Ich glaube nicht, dass wir zum Kaufmannsleben geboren sind!" Da lachten die jungen Männer auf, denn sie gaben sich nun mit dem zufrieden, was sie bekommen hatten.

„Beim nächsten Mal werden wir besser aufpassen", sagte Hrani und wandte sich dem Skögul zu. „Verzeih meine barschen Worte!"

Der Mann nickte freundlich und war Hrani nicht gram. Da sahen die Männer empor zum Himmel, denn dicke Flocken fielen herab und legten sich auf ihre Gesichter.

„Der Winter naht", sprach Skögul. „Wenn ihr noch kein Winterquartier gefunden habt, so seid ihr in meiner Halle willkommen!"

Da sah Hrani den Fremden misstrauisch an, doch ehe er etwas sagen konnte, sprach Harald: „Dies ist ein großzügiges Angebot von dir, Skögul. Das nehmen wir gerne an!"

Am nächsten Morgen fuhren die zwei Schiffe des Skogül Tosti und das Knarr der Grönländer die Küste entlang nach Norden und erreichten noch vor der Dunkelheit den kleinen Fjord, in dem sich der Hof des Schweden befand.

Es war ein großer, stattlicher Hof, den Skögul seinen Besitz nannte. Der Odalbauer[14] war ein freier Mann und stand nicht in einem Lehen. Er besaß ein großes Langhaus mit einer Methalle darin, in der sicher schon viele Feste gefeiert worden waren. In der Mitte befand sich eine große Feuerstelle mit einer Esse darüber, und entlang der Längswände standen Podeste, auf denen die Gäste ihr Schlaflager fanden. Die Familie des Bauern bewohnte den hinteren Teil des Hauses, und als die Männer die Halle betraten, rief Skögul Tosti seine Familie zusammen. Er stellte sein Weib und seine Kinder den Gästen vor, und als seine älteste Tochter an der Reihe war, stockte dem Harald der Atem.

Dieses Weib war etwa gleichen Alters wie er selbst, und nie zuvor hatte er ein Mädchen gesehen, das die Götter mit soviel Schönheit beschenkt hatten. Ihr Gesicht war fein geschnitten und von rotblondem Haar umrahmt, das ihr bis zu den Hüften hinunter reichte. Ihr Körper war makellos! Schlank und doch üppig an den Rundungen, die von dem Kleid, das sie trug, noch hervorgehoben wurden. Die Göttin Freya selbst konnte nicht schöner sein, war der erste Gedanke des jungen Grönländers, als er sprachlos vor dem jungen Weib stand.

„Sei mir gegrüßt", sagte sie lächelnd und mit einem Augenaufschlag, der Harald Gudrödsson traf wie der Hieb einer Keule. „Mein Name ist Sigrid!" Sie reichte erst Hrani und dann Harald die Hand, und der wünschte sich, diese nie mehr hergeben zu müssen.

---

[14] Odalbauer – war ein freier Bauer, mit dem Recht den Hof an seine Nachkommen zu vererben

Bis tief in die Nacht hatte Skögul Tosti mit seinen Gästen in der Halle um das Feuer gesessen und Bier getrunken. Harald erzählte von seiner königlichen Herkunft und davon, wie er als Knabe nach Grönland gekommen war. Da schlug der Hofherr vor, im nächsten Sommer gemeinsam auf Wiking auszufahren, so wäre ihre Kampfkraft stärker und somit auch die Aussicht auf gute Beute größer. Die Grönländer waren damit einverstanden, und Harald hatte dabei nicht nur die Beute im Sinn, denn seine Augen ruhten an diesem Abend oft auf dem Antlitz der schönen Sigrid.

Nun lag ein langer, tief verschneiter Winter vor ihnen, den sie in dem warmen Langhaus des Großbauern Skögul verbrachten. Sie arbeiteten an ihrem Schiff und feierten viele Feste, darunter das der Wintersonnenwende, und ehrten die Götter mit ihren Opfergaben. Der grönländische Seefahrer gab der Freya sogar ein Lamm, mit der Bitte um Hilfe bei der Eroberung der Sigrid.

Harald suchte die Nähe der jungen Schwedin, so oft es ihm möglich war, und diese schien von seinem Werben recht angetan zu sein. Viel Zeit verbrachten sie miteinander, und es wurde eine Freundschaft zwischen ihnen, die sie bis auf das Schlaflager führte.

„Oh Hrani, mein Bruder", sagte Harald eines Abends. „Ich werde Sigrid zu meinem Weibe nehmen."

Da schüttelte Hrani mit dem Kopf. „Verzeih mir die Worte, aber ich glaube nicht, dass sie dich erwählen wird, Harald!"

„Warum sagst du das? Ich bin so gut wie jeder andere, wenn nicht gar besser", empörte sich der Gudrödsson.

„Mein lieber Bruder, du bist einer der besten Männer, die ich kenne", begann Hrani. „Aber dieses junge Weib strebt nach Reichtum, und du bist arm. Sie ist stolz und hochnäsig. Und nur du kommst mit ihr zurecht, weil du vor Liebe die Wahrheit nicht siehst", sagte der Sohn des Weißen Hroi

76

vorwurfsvoll. „Kaum einen der Männer beachtet sie oder spricht mit ihnen. Und wenn sie es tut, dann, um ihnen Befehle zu erteilen! Nein, mein Bruder, sie wird dich zurückweisen!"

„Das ist nicht wahr", sagte Harald beleidigt. „Das ist der Neid, der aus dir spricht, weil sie sich mir hingab!"

Da schüttelte Hrani erneut den Kopf. „Nein, nein! Von mir hast du nichts Böses zu erwarten. Doch ich sage dir, hüte dich vor der Sigrid!" Das Gespräch der beiden Ziehbrüder war beendet, und es sollte für einige Zeit zwischen ihnen großes Schweigen herrschen.

Es kam der Sommer, und die Grönländer fuhren gemeinsam mit Skögul Tosti nach dem Wendenland auf Wiking aus, so wie sie es abgemacht hatten. Groß war ihre Beute, die sie dann auf dem Markt in Birka verkauften. Nun war Harald Gudrödsson kein ganz so armer Mann mehr, obwohl Skögul den größten Teil der Beute für sich behielt.

Im Herbst kamen sie dann nach Schweden auf den Hof des Bauern zurück, und die Freude des Wiedersehens war groß. Ein Fest wurde gefeiert, bei dem sowohl die gefallenen Krieger geehrt, aber auch die Beute unter den Seefahrern geteilt wurde. Sie opferten den Göttern und feierten ausgelassen ihre Heimkehr in der Methalle des Skögul, in dem sie sich mit Met und Bier betranken. Sie verschlangen große Mengen an Fleisch und heißer Grütze. Und zu fortgeschrittener Zeit gaben sich die Mägde und Sklavinnen im Rausch willig den Männern hin.

Einige Tage nach der Heimkehr, es war bereits dunkle Nacht, da lag Harald schwer atmend auf dem weichen Heu in einem Stall, in dem das Winterfutter gesammelt wurde. Neben ihm lag die vom Liebesspiel erschöpfte Sigrid. Ihr entblößter, schöner Körper glänzte vom Schweiß, und sie lächelte zufrieden.

„Ich habe einen guten Anteil von der Beute erhalten",
sprach Harald plötzlich. „Und im nächsten Sommer wird es
noch mehr werden! Dann kann ich bald eine Flotte
ausrüsten und mir mein Erbreich zurückgewinnen!"
Da hob Sigrid ihren Kopf und sah den Grönländer, den sie
wirklich mochte, fragend an.
„Du weißt, dass ich der Sohn eines Königs bin, liebste
Sigrid", fuhr er fort, „und eines Tages werde ich sicher die
Herrschaft meines toten Vaters für mich in Anspruch
nehmen können!" Immer noch schwieg Sigrid, doch sie
ahnte, was Harald im Sinn hatte.
„Ich werde vor deinen Vater Skögul treten und werde ihn
darum bitten, dass du mein Weib wirst", sprach er lächelnd.
„Aber Harald", sagte Sigrid leise, „ich mag dich sehr, doch
bevor du nicht deine Königsherrschaft gewonnen hast,
kannst du nicht um mich werben!"
Da verschwand das Lächeln aus dem Gesicht des jungen
Grönländers, und er wurde ein wenig zornig. „Ich dachte du
erwiderst meine Liebe! Bin ich dir nicht gut genug, Weib?"
„Du bist mein Liebhaber, mehr nicht!", sagte sie nun trotzig.
„Ich bin nur dein Bock?" Harald war entsetzt, und die Worte
seines Ziehbruders Hrani schossen ihm durch den Kopf. Da
hob Sigrid plötzlich ihre Hand und streichelte dem
enttäuschten Mann über die Wange. „Du bist mir lieb wie
kaum ein anderer, Harald", sagte sie tröstend mit ruhiger
Stimme. „Doch dein Weib kann ich nicht werden!"
Einige Tage später verließen die Grönländer überstürzt und
zur Verwunderung des Skögul Tosti den Hof. Schnell
durchsegelten sie den Fjord und nahmen Kurs hinaus in das
warägische Meer.

*

Im Jahr darauf erhielt Sigrid ein Heiratsangebot, das ihr Vater Skögul nicht auszuschlagen wagte. Und auch die schöne Sigrid hielt diesen Freier für angemessen und hätte auch bei keinem geringeren eingewilligt. Es war Erik, der König von Schweden, den man den Siegreichen nannte.

Die Grönländer aber hatte es nach dem Dänenreich verschlagen, wo Harald Gormsson regierte, den man Blauzahn nannte. Gerade als der König sich anschickte, mit seiner Kriegsflotte nach Südnorwegen zu segeln, um die dortigen Gaue in sein Reich einzuverleiben, erreichten sie den Königshof in Roskilde. Unter der Kriegsbeute war auch das Erbreich König Gudröds, das Harald der Grönländer für sich gewinnen wollte. So schlossen sich die Wikinger dem Blauzahn an.

Ganz West- und Nordnorwegen wurde von dem Jarl Hakon von Lade regiert, einem Vasall des Dänenkönigs. Doch die südnorwegischen Gaue nannten zwei Großvettern von Harald Gudrödsson ihre Herrschaft, und diese waren keineswegs willens, sich dem Dänenkönig zu unterwerfen. Doch die Heeresmacht des Blauzahns war groß, und die norwegischen Kleinkönige wurden geschlagen und aus dem Land gejagt.

Harald Gudrödsson hatte tapfer für den Dänenkönig gekämpft, und da er einem Königsgeschlecht entstammte, erhielt er das Reich seines Vaters als Lehen. Jedoch war er dem Herrscher der Dänen zur Abgabe verpflichtet, aber es blieb noch genug übrig, um ein Reich zu regieren.

„Siehst du, mein Bruder", sagte Harald zu Hrani, als sie in der Halle seines königlichen Langhauses standen. „Nun bin ich ein König und habe mein eigenes Reich! So, wie ich es Sigrid versprach!"

Da sah Hrani seinen Ziehbruder verwundert an. „Aber Harald? Sie ist doch längst das Weib eines anderen!"

„Eines anderen?" Harald erstarrte, und Hrani konnte kaum glauben, dass sein Bruder dies nicht wusste.

„Sie ist das Weib des Schwedenkönigs Erik geworden. Schon im Frühjahr nach unserer Abreise!"

Nun war die Enttäuschung des Harald Gudrödsson groß, und Zorn stieg in ihm auf. „Das Lager, auf dem sie sich mir hingab, war noch warm, da nahm sie schon einen anderen zum Mann?"

„So ist es wohl gewesen, mein Bruder", sagte Hrani zögerlich. Davon, dass er Harald vor dem Weib gewarnt hatte, sprach er nicht.

In den folgenden vier Sommern fuhr Harald wieder auf Wiking aus, doch es zog ihn an die Küste des Franken- und des Friesenlandes, und seine Beute brachte er auf den Markt von Kap Lindesnäs, einem Handelsplatz an der Südspitze Norwegens. Als es Herbst wurde, nahm sich der Mann, den man Harald den Grönländer nannte, ein Weib, und ihr Name war Asta Gudbrandsdottir. Zwar hatte sie nicht die Schönheit der Sigrid, doch war Asta von gutem Wesen, treu und fleißig.

Im Sommer des Jahres 993 n. Chr., fünf Jahre waren vergangen, seit die Grönländer den Hof des Skögul Tosti verlassen hatten, zog es den Kleinkönig Harald Gudrödsson wieder an die Küsten des warägischen Meeres, wo er auf Raubfahrt ging. Als es dann Herbst wurde, fuhr er, wie er es schon einmal getan hatte, mit seinen Schiffen nach Birka, um seine Beute zu veräußern. Nun hatte es sich ergeben, dass der König der Schweden, Erik der Siegreiche, längst gestorben war. So war die schöne Sigrid Witwe geworden und regierte das große Reich als Regentin für ihren kleinen Sohn Olaf, den sie dem König als Erben geboren hatte. Da erfuhr nun die Königswitwe, dass Harald der Grönländer in

Birka weilte, und sie schickte sofort einen Boten in das Wik des Königs von Vestfold[15], um diesen zu sich einzuladen.
„Geh nicht zu ihr", bat Hrani eindringlich. „Sie wird sicher Unglück über dich bringen!"
„Was redest du schon wieder, Bruder? Man könnte glauben, du hast Angst vor Sigrid!"
Da nickte Hrani. „Ja, so mag es wohl sein, denn von diesem Weib geht nichts Gutes aus! Ich beschwöre dich, Harald! Geh nicht zu ihr, sie raubt dir dein Heil!"
Da lachte Harald der Grönländer auf. „Du benimmst dich wie ein Kind, Hrani! Es ist die Königin der Schweden, die den König von Vestfold in ihren Palast einlädt! Mehr nicht!"
So reiste Harald an den Hof von Königin Sigrid und wurde dort mit großen Ehren empfangen. Sigrid wollte natürlich den einstigen Freund und Liebhaber mit ihrem Reichtum beeindrucken und ließ ein großes, prachtvolles Fest feiern. Und als beide an der Tafel saßen, trug sie ihre schönsten Gewänder und den prachtvollsten Schmuck. In ihr langes, rotblondes Haar waren Bänder aus Gold geflochten, und kein anwesendes Weib war schöner als die Königin.
Sie aßen die besten Speisen und tranken dabei viel Met. Und umso mehr Harald von dem Gebräu trank, umso schöner erschien ihm das Weib, das er einst so begehrte. Dass Sigrid alles dazu tat, dass dies so war, bemerkte er nicht.
Spät in der Nacht dann führte die Königin den betrunkenen Freund in ihre Gemächer und gab sich ihm mit Freude hin.
Den ganzen nächsten Tag über bemühte sich Sigrid wieder liebevoll um ihren Gast, mehr noch, als es Sitte und Anstand erlaubten, und in Harald erwachten die Erinnerungen an die schönen Tage auf dem Hof des Skögul Tosti.
Als es Abend wurde, tafelten sie wieder gemeinsam, und Harald trank erneut viel Bier und Met, um des Mutes

---

[15] Vestfold – ein Gau im Süden Norwegens

Willen, den er für sein Vorhaben benötigte. Im festen Glauben, Sigrid würde seine Liebe nun erwidern, hatte er den Plan gefasst, das Weib zu seiner Frau zu machen. Doch als er der Königin von Schweden lallend seine Bitte vortrug, sah diese ihn erst voller Verwunderung an und brach dann in schallendes Gelächter aus.

„Mein liebster Harald", sprach sie vorwurfsvoll. „Du bist nicht mehr Herr deiner Sinne, wenn du glaubst, ich würde dich zu meinem Gemahl machen!"

Spöttisch kicherte die Königin, und der anwesende Hofstaat war längst aufmerksam geworden. „Du warst mir vom Stande zwar höher gestellt, da du als ein Königssohn geboren wurdest", begann sie zu sprechen, und es herrschte Totenstille in der Halle, denn niemand der Anwesenden wollte etwas verpassen. „Nun aber bin ich die Königin von Schweden, und du bist ein armer Gaukönig in Norwegen. Mein Vermögen zählt das Vielfache von dem, was du besitzt. Da wäre es doch nicht sehr klug von mir, wenn ich dich zum Gemahl nähme!"

Trotz des vielen Bieres, das der König von Vestfold getrunken hatte, vernahm Harald doch jedes Wort der Sigrid, und sein Gesicht lief rot an vor Scham. Dann aber stiegen Wut und Zorn in ihm auf, doch er schwieg.

„Ich schätze dich sehr, Harald", schlug Sigrid nun einen versöhnlicheren Ton an, „doch du musst verstehen, das ich nur einen Mann zu meinem Gemahl wählen kann, der den gleichen Reichtum besitzt, wie ich es tue! Wärest du bei unserer ersten Begegnung der König von Vestfold gewesen, so hätte ich sicher deinem Werben nachgegeben. Doch heute?"

Die Königin beugte sich vor und küsste dem Freund tröstend die Wange, und er vergaß seinen Gram. Und keiner der Anwesenden sprach später schlecht über den unglücklichen Freier.

Harald Gudrödsson blieb noch einige Tage am
schwedischen Königshof, bevor er sich auf den Weg in sein
Wik machte. Sigrid schenkte ihrem Freund und Verehrer ein
kostbares Schwert, und sie trennten sich, ohne Groll
füreinander zu hegen.

*

Harald der Grönländer war noch vor den ersten schweren
Herbststürmen nach Norwegen zurückgekehrt, und anfangs
war die Freude, sein Weib Asta wiederzusehen, auch groß.
Doch als die kalte Jahreszeit über das Land am Nordweg
Einzug hielt, verschlechterte sich die Laune des Königs von
Vestfold zusehends. Er hatte die Kränkung, die ihm Sigrid
in der Königshalle zugefügt hatte, längst vergessen. Was
aber in seinen Gedanken blieb, war das Bild der schönen
Schwedenkönigin und die gemeinsamen Augenblicke, die
sie auf dem Schlaflager verbrachten.
So wurde sein Verlangen nach dieser Frau von Tag zu Tag
größer. Nachdenklich und mürrisch verbrachte er die
Winterabende, und niemand vermochte es noch, den Mann
aufzuheitern, weder Asta noch Hrani, sein Ziehbruder.
Und als es endlich Frühjahr wurde und der Schnee zu
schmelzen begann, verlor Harald keine Zeit und rüstete
seine Schiffe, um in das warägische Meer zu segeln. Doch
die vermeintliche Wikingfahrt des Königs von Vestfold
verfolgte ein ganz anderes Ziel.
Nachdem die Schiffe mit Raubgut beladen waren, das sie an
der Küste des Sachsenlandes erbeutet hatten, gab Harald den
Befehl, nach Schweden zu fahren. Und endlich verstand
Hrani, wo sie die Reise hinführen sollte, und er redete auf
den Bruder ein. Doch es war vergebens, denn der König ließ
sich nicht von seinem ehrlosen Vorhaben abbringen.

In der Nähe von Birka am Mälarsee hatten sie ihr Wik errichtet. Und während Hrani die Geschäfte tätigte, ritt Harald mit der Hälfte seiner Krieger zu dem Königshof der Schweden. Und diesmal kam der König des kleinen norwegischen Gaus nicht als Jugendfreund der Sigrid in den Palast, sondern als Freier, und er warb hartnäckiger als zuvor um die schöne Königin.

Doch war er nicht der einzige Bewerber, der zu dieser Zeit auf dem Königshof weilte. Auch ein russischer Fürst warb um die Gunst der Sigrid, und da nun zwei Freier der Königin den Hof machten, kam es schnell zu Unstimmigkeiten. Anfangs hielten sie sich noch an die Gebote der Höflichkeit und wahrten Sitte und Anstand. Doch je länger sie auf eine Entscheidung warten mussten, umso ungestümer wurden die Bewerber. Sie prahlten mit dem Reichtum, den sie angeblich besaßen. Dann mit der Heeresmacht, die hinter ihnen stand, und am Schluss waren sie bereit, einen offenen Kampf an den Königshof zu tragen. Da war es der Sigrid genug. Sie befahl Harald und auch dem russischen Fürsten, sich mit ihrem Gefolge in ein altes, aber großes Langhaus zurückzuziehen. Hier sollten die Streithähne den Rest ihrer Zeit am schwedischen Königshof verbringen. Die beiden Gefolgschaften wurden gut mit Speisen und Getränken versorgt, sodass sich die Männer an jedem Abend betranken. Die schöne Königin der Schweden sahen die beiden Freier nur noch selten.

Dann an einem Tag kamen die Sklaven und brachten große Mengen Bier und Met in das alte Langhaus. Viel mehr als sonst.

„Womit haben wir diese Großzügigkeit verdient?", fragte der russische Fürst den Oberaufseher der Sklaven. „Ihr sollt ein großes Fest feiern! So will es die Königin, denn sie hat ihre Entscheidung getroffen! Morgen schon wird sie euch in die Königshalle rufen!"

Diese Nachricht war für die beiden Freier eine Erlösung, und sie begruben ihren Zwist und feierten bis tief in die Nacht hinein. Als der Morgen graute, waren alle Männer so betrunken, dass sie in eine tiefe Bewusstlosigkeit gefallen waren. Da kamen die Krieger der Sigrid und verriegelten die Türen des Langhauses. Sie begannen damit, Äste und Reisig heranzuschleppen, und zündeten die alte Gästehalle an allen Ecken an. Schnell züngelten die Flammen an den Wänden und dem Dach empor, und dunkler Rauch stieg in den Nachthimmel auf.

Es war ein schöner Spätsommermorgen, und die Sonne stand noch nicht sehr hoch am blauen Himmel, als ein Hauptmann vor die schöne Sigrid trat. „Herrin, es ist getan! Von dem Langhaus ist nur noch ein Häufchen Asche geblieben!"
„Und keiner entkam?", fragte sie stolz und voller Hochmut.
„Keiner!"
Da lächelte Königin Sigrid kalt, und sie weinte ihrem alten Freund und Liebhaber Harald keine Träne nach.
Als die im Wik verbliebenen Krieger des Königs Harald Gudrödsson nun von dem schändlichen Tod ihres Anführers hörten, wollten sie zum Palast der Schweden marschieren und Rache nehmen.
Doch Hrani, der Sohn des Hroi, der Ziehbruder des Königs von Vestfold, verbot jedwede Racheschwüre. Er wusste, dass es einmal so um Harald geschehen würde, und sagte den Männern, dass dies die Strafe der Götter sei für sein unnachgiebiges Werben um eine Frau, deren hohem Stand er nicht würdig war. Außerdem war ihre Zahl an Kriegern viel zu gering, als dass sie einen Angriff auf die Königshalle der Schweden hätten wagen können. Dies sahen die Männer ein und ließen von ihrem Vorhaben ab.

Bald darauf segelten die Schiffe unter dem Befehl des Königsbruders zurück nach Vestfold, und als Hrani der Asta vom Tode ihres Mannes berichtete, war ihre Trauer groß.

Das Weib des Harald hatte in diesem Sommer ein Kind geboren und war nun entsetzt, als sie von Hrani erfuhr, dass der König sie, sein treues Weib, verstoßen wollte. Er berichtete ihr auch von dem schändlichen Werben um die schwedische Königin, die einst seine Jugendliebe war, und von der Art, wie Harald Gudrödsson sein Leben ließ.

Asta kehrte mit ihrem Kind auf den Hof ihres Vaters zurück und wurde später mit einem Jarl Namens Sigurd vermählt.

Hrani, der Sohn des weißen Hroi, rüstete ein Schiff und bemannte es mit den treuesten Kriegern, die er finden konnte. Dann segelte er in seine alte Heimat Grönland zurück.

Über das Gau Vestfold im Süden von Norwegen sollte aber nun ein dänischer Jarl regieren, den Sven Gabelbart, der neue König von Dänemark, geschickt hatte.

*

6. *Loki und der gute Baldr*

Von Albträumen geschüttelt hatte Baldr sich auf seinem Schlaflager gewälzt, und der Traum vom nahen Tod hatte ihm Nacht für Nacht den Schlaf geraubt. Bald schon vertraute sich Nanna, die sein Weib war, der Mutter ihres Gemahls an und suchte bei ihr Trost und Hilfe. Da ihr Sohn Baldr das Gute, die Tugend und Reinheit verkörperte, entschied Frigga, die das Weib Odins war, alle Götter von Asgard nach Walhalla zu rufen. Dort berieten sie, was zu tun sei, um dem strahlenden Jüngling, ehrlich und rein, seine Angst zu nehmen und ihn zu schützen, damit seine Eigenschaften für die Menschen erhalten blieben. Und da der Sohn des Allvaters Odin von allen geliebt wurde, beschlossen die Götter, dem Baldr die Unverwundbarkeit zu schenken, auf dass Frigga nun allen Dingen dieser und auch der Menschen Welt den Eid abnahm, dem Baldr kein Leid anzutun. Und so geschah es!

Doch die Frigga übersah ein Ding. Eine kleine Mistel, die hoch oben auf einem Baum wuchs. Dies brachte der Loki in Erfahrung, ein Riese, der in Asgard lebte und der ein Schwurbruder Odins war. Es erfreute ihn sehr, denn es gab sicher nichts Schöneres für ihn, als die Götter mit seinen Streichen zu ärgern, die meist von großer Bosheit waren.

Als die Gattin des Allvaters ihr Werk vollbracht glaubte, kamen alle Götter erneut zusammen, um dem Baldr die gute Nachricht mitzuteilen. Dieser war darüber sehr erfreut, und zum Beweis seiner Unverwundbarkeit stachen, schlugen, beschossen und bewarfen die Götter den Baldr mit allerlei Waffen. Doch der Sohn Odins blieb unverletzt. Nichts konnte ihm Schaden zufügen. Nun konnte er beruhigt in sein

Heim Breidablik zurückkehren, und seine Nächte waren wieder ruhig.

Es war noch nicht viel Zeit vergangen, da traf der Loki auf den blinden Hödr, der der Bruder Baldrs war, und ihm kam ein Streich von größter Gemeinheit in den Sinn.

„Bist wohl nur ein halber Gott und nicht sehr beliebt? Dazu noch von Blindheit geschlagen", verhöhnte der Riese den Hödr. „Warum beleidigst du mich, Loki?", fragte der blinde Gott verärgert. „Nun, allen Göttern von Asgard war ein Schuss auf den Baldr gestattet. Nur dir nicht, Wintergott! Bist wohl nicht würdig, auf den guten Baldr zu schießen, was?", sprach Loki gehässig.

„Aber ich bin doch von Blindheit geschlagen, dummer Kerl", verteidigte sich der Hödr lautstark. „Wie soll ich da ein Ziel treffen?"

„Oh, das würdest du wohl, wenn dir ein Freund die Hand führte!"

„Und dieser Freund würdest du sein, Loki?", fragte der Sohn Odins verächtlich. „Was hättest du wohl davon für einen Nutzen? Nein, ich kenne dich, Loki. Du willst mich nur foppen und deinen Spaß mit mir machen!"

„Warte es ab, Hödr. Du wirst schon sehen", sprach Loki vertrauensvoll und ging mit einem frechen Grinsen auf seinem Gesicht von dannen.

*

„Was willst du von mir, Loki?", fragte Baldr misstrauisch seinen Besuch. „Es verschlägt dich nicht oft nach Breidablik."

„Oh, das kann an der Gastlichkeit deines Weibes Nanna liegen", antwortete der Riese spitz, denn das Weib Baldrs hatte wirklich eine große Abneigung gegen den Riesen. Nun aber berichtete er von der angeblichen Niedergeschlagenheit

seines Bruders Hödr. „Es ist nicht recht, mein Freund, dass die Götter Hödr bloßstellen wegen seiner Blindheit!"
„Warum sagst du so etwas?", fragte Baldr überrascht.
„Niemand will den Hödr bloßstellen. Nicht einer hier in Asgard würde dies tun."
„Oh, doch", erwiderte Loki frech. „Jeder durfte auf dich zielen. Nur der blinde Hödr nicht!"
Der gute Gott überlegte kurz. „Das ist wohl wahr", sprach er voller Mitgefühl. „Doch wie soll ich es nun noch ändern?"
Der Riese kratzte sich nachdenklich sein schwarzes Haar.
„Ich wüsste da schon eine Lösung für dein Problem", sagte Loki geheimnisvoll. „Du?", zweifelte Baldr an der Aufrichtigkeit des Riesen. „Das ist doch sicher wieder einer deiner üblen Streiche!"
Beleidigt sah Loki auf den Baldr herab. „Nun, da du dir gewiss bist, das dir kein Leid geschehen kann, ist es doch ein leichtes für dich, dem Pfeil Hödrs zu widerstehen!"
„Du meinst, ich sollte meinem Bruder einen Schuss gewähren?" Da nickte der Riese grinsend, und Baldr überdachte dessen Worte. Eigentlich hatte Loki ja recht. Was sollte schon Schlimmes geschehen? Er war schließlich unverwundbar, und dem blinden Hödr würde der Schuss seinen Kummer vertreiben. „Tue es nicht", sprach da sein Weib Nanna warnend. „Der Loki ist ein böser Kerl, und wenn es sein Einfall war, so steckt bestimmt eine Schurkerei dahinter." „Ach, mein Weib", beruhigte der Baldr die Nanna. „Was soll schon geschehen? Du hast doch mit eigenen Augen gesehen, dass mir nichts und niemand Böses anhaben kann."
„Also gilt es!", rief der Riese dazwischen. „Ich erwarte dich auf dem Hügel bei der großen Esche!"

*

Der Morgen des nächsten Tages war angebrochen, und Loki hatte sich mit dem blinden Hödr auf den Hügel begeben. Dort wartete er nun unter dem großen Baum, den er dem Baldr als Ort der Zusammenkunft genannt hatte. Verschmitzt grinsend sah der Riese auf den blinden Gott hinab, denn er überragte diesen um mehr als zwei volle Kopfeslängen. Loki war unter den Riesen einer der kleinsten, was ihm oft Spott und Hohn eingebracht hatte. „Warum soll es einem Kerl ohne Augenlicht verwehrt sein, den Speer zu werfen oder einen Pfeil zu schießen? Nein, nein! Ich werde dir helfen, Sohn des Odin. Ich will deine Hand führen, wenn du den Pfeil an die Sehne legst." Loki kicherte listig. Da erblickte er in der Ferne den Baldr, als dieser den Hügel hinaufstieg. „Vielleicht solltest du den Gebrauch von Pfeil und Bogen ein wenig üben. Es wäre nicht schön, wenn du dein Ziel verfehlen würdest, mein Freund!" Der Riese trat neben den Hödr und legte ihm den Pfeil an die Sehne. Einen Pfeil, den er am Abend zuvor mit eigener Hand gefertigt hatte. Für den er hoch in den Baum gestiegen war, um an das Holz zu gelangen.
Einen besonderen Pfeil, geschnitzt aus einem Mistelzweig. Hödr spannte mit seinen kräftigen Armen den Bogen. „Wohin soll ich schießen?", fragte er in freudiger Erwartung. „Ich werde dir helfen, dein Ziel zu finden", sprach Loki und konnte sein höhnisches Lachen kaum verbergen. Langsam führte er den Blinden, schob die Waffe in seinen Händen in die Richtung, in die der Pfeil fliegen sollte und rief: „Schieß, Hödr! Jetzt!"
Der Pfeil flog von der Sehne, und noch ehe der Baldr seinen Bruder erblickte, sank er getroffen zu Boden. Da schlug sich der Loki vor Freude lachend auf die Schenkel, und Hödr fragte ungeduldig: „Was ist geschehen? Habe ich etwas getroffen?"

„Ja, du hast getroffen, Hödr", rief Loki hämisch aus. „Du hast wahrlich etwas getroffen!" Er wischte sich eine Träne aus dem Auge. „Dann lass uns doch einmal nachsehen, was du Schönes erlegt hast."

Als der Riese und der blinde Hödr nun näher kamen, lag der gute Baldr leblos auf dem Weg, der den Hügel hinauf führte. Der Pfeil steckte dem jungen Gott tief in der Brust, sein Blut sickerte durch den Stoff seiner Tunika, und Hödr brach in großes Wehklagen aus, als Loki ihm verriet, was seine Beute war. Nun beugte sich der schwarzhaarige Riese zu dem toten Gott hinab und sprach verächtlich: „Kein Zauberspruch und kein Eid schützt dich vor dem Unbill des Lebens!"

*

Baldr, der strahlende Jüngling, der gute Gott von Asgard, Verkörperung von Reinheit und Ehrlichkeit war tot und in das Reich der Hel, der Totengöttin, eingekehrt.

Durch die List des Loki, vom Pfeil des eigenen Bruders niedergestreckt, hatte er sein Leben gelassen. Und mit ihm sollte das Gute in der Welt sterben. Groß war nun das Wehklagen in Asgard, und alle Götter trauerten um den Jüngling. Die der Asen, sowie auch die aus dem Geschlecht der Vanen. Allvater Odin klagte voller Schmerz über den Tod seines Sohnes Baldr, und er weinte bittere Tränen.

Als er jedoch erfuhr, dass sein Schwurbruder, der Riese Loki, für die Tat verantwortlich war, brach unbändiger Zorn aus ihm heraus.

„Bringt mir diesen Kerl nach Walhalla", rief Odin wütend aus. „Er soll seiner gerechten Strafe nicht entgehen! Ich will ihm zeigen, was Qualen sind!"

So begaben sich die Götter, allen voran der Rotbart Thor, sein Stiefsohn Ullr, der Baldr als Freund beweinte, und der Kriegsgott Tyr auf die Suche nach dem Unhold.

Loki aber war schlau genug zu wissen, was kommen würde, und machte sich aus dem Staube.
Man brachte den Baldr in seine Heimstatt Breidablik und bahrte in dort auf, sodass alle Götter ihn sehen konnten. Da trat Nanna, das Weib, des Toten, vor Odin und bat darum, dass dieser Hel bitten möge, den Jüngling aus Helheim wieder freizugeben. Schließlich sei er doch der oberste Gott der Asen. Der Allvater willigte in den Vorschlag seiner jungen Schwiegertochter ein und machte sich auf den Weg, von der Totengöttin das Leben seines Sohnes zu fordern.
Die Göttin in Helheim aber zögerte lang und gab dann endlich ihre Einwilligung, den jungen Gott aus dem Reich der Toten noch einmal herzugeben. Doch als Bedingung forderte sie, dass alle lebenden und auch die nicht lebenden Dinge von Asgard ihn beweinen sollten.
Der Allvater Odin musste sich der Forderung der Hel fügen und befahl allen in seinem Reich, den Tod seines Sohnes zu betrauern. Doch es hatte dieses Befehls nicht bedurft, denn viele kamen nach Breidablik, um zu weinen.
Da war Odin guter Dinge, seinen Sohn bald wieder in der Mitte der Götter von Asgard zu wissen. Doch plötzlich trat ein altes Riesenweib Namens Thök aus der Reihe der Wartenden. Sie sah auf den leblosen Baldr herab und sprach übellaunig: „Wollt ihr Hel betrügen? Nein, nein! Ich will ihn nicht betrauern! Behalte die Göttin von Helheim, was sie hat!" Dann kicherte das alte Riesenweib listig und verschwand.
So war alles Klagen umsonst, und der Baldr musste im Totenreich der Hel bleiben. Da verlangte Odin noch mehr, dass man ihm den Loki bringen möge, auf dass dieser seine

Strafe erhalten sollte. Und so kam es, dass man den Riesen fand, versteckt und in ein Kleid gewandet, das dem der Riesin Thök sehr ähnlich sah.

Bald schon hielten die Götter Gericht über den bösen Loki, und nun sollte er für sein schändliches Tun büßen. Für all die Scherze und Streiche, die er mit ihnen getrieben hatte, und für die Betrügereien, die er sich erlaubt hatte. Doch vor allem für den Tod des Baldr sollte er fürchterliche Qualen erleiden, so band man den Riesen in Ketten und brachte ihn in eine Hölle, in der er bis zu seinem Ende schmoren sollte. Als aber Ragnarök über Asgard hereinbrach, gelang Loki die Flucht, und voller Hass führte er die Riesen in die Schlacht gegen die Götter.

*

7. Der Araber und der Seekönig

In Rom und der christlichen Welt schrieb man das Jahr 921 n.Chr., als ein Schiff von orientalischer Machart, aus dem Kaspischen Meer über den Fluss Wolga kommend, im Hafen der Chasarenstadt Etil festmachte.

Hier wollte der Schiffsführer seine Vorräte auffüllen, denn die Reisenden waren Gesandte des Sultans von Bagdad und befanden sich auf dem Wege zu einer Audienz mit einem Fürsten der Bulgaren. Die Fremden aus dem Orient wurden in Etil freundlich aufgenommen und bezogen in der Stadt Quartier. Hier wollten sie sich von den Strapazen ausruhen, um die Reise schnellstmöglich fortzusetzen. Doch da geschah es, dass der Anführer der Araber, ein junger Scheich, bei einem Ausritt in die Steppe vom Pferd stürzte und sich dabei schwere Verletzungen zuzog. Der mitreisende Medizingelehrte und Astrologe des Scheichs mit Namen Ahmed Ibn Fadlan, riet seinem Herrn dringend von einer Weiterfahrt ab, und alle Berater des Gesandten befürworteten diese längere Reiseunterbrechung. So genoss man den Aufenthalt in der gut befestigten Chasarenstadt, der sicherlich mehrere Wochen andauern würde.

Als der Heiler dann endlich sein Einverständnis zur Weiterreise gab, drangen aber beunruhigende Berichte nach Etil. Nicht weit von der Stadt, so lautete die Kunde, seien die Schiffe einer Wikingerflotte gesichtet worden, und die Waräger, wie die schwedischen Seekrieger hier im Osten genannt wurden, waren weit gefürchtet. Viele hatten sich an den Gestaden des Kiewer Reiches und anderer Küstengebiete der Ostsee angesiedelt und brachen nun von dort, über die Flüsse des Landes, immer weiter nach Osten zu ihren Raubfahrten auf. Der Ruhm und vor allem die Berichte über die Schreckenstaten dieser blutrünstigen

Krieger aus dem Norden waren sogar schon bis nach Bagdad vorgedrungen.

Die Waräger hatten ihre Schiffe am Ufer der Wolga an Land gezogen. So schnell wie die Kunde ihrer Ankunft, so schnell verbreitete sich auch der Name des Anführers der gefürchteten Seekrieger in den Städten und Dörfern zu beiden Seiten des Wolgastrandes. Es war der Seekönig Gorm, den man den Wolf nannte. Sein besonders rotes Haar glich im Schein der Sonne einem lodernden Feuer, und sein übler Ruf eilte ihm voraus. So wuchs die Angst der Menschen, denn die Überfälle der Nordmänner waren in dieser Gegend nicht ungewöhnlich, und ein jeder wusste, was ihn erwartete, würden die Waräger losschlagen. Nicht mehr als ihre Anzahl und die dicken Mauern ihrer Städte, hatten die Steppenbewohner den groß gewachsenen, meist hellhaarigen Kriegern entgegen zu setzen. Axt und Schwert beherrschten die Fremden wie kaum ein anderes Kriegervolk. Speer und Pfeil verfehlten selten ihr Ziel, und ihr Mut sowie die Todesverachtung waren ihre besten Waffen. Natürlich gab es Nordleute, meist Dorfbewohner, die nur selten auf Raubfahrten gingen, da sie Bauern waren. Doch die Seekönige, die mit ihren Flotten von Küste zu Küste zogen, die auf den Flüssen weit in das Landesinnere segelten, waren grausame Piraten und verbreiteten viel Unheil. Nicht einmal die Stromschnellen des Dnjepr hielten sie auf, wenn sie von reicher Beute erfuhren. Weit zogen sie dann ihre Schiffe über hölzerne Stämme auf dem Land, bis sie wieder einen schiffbaren Fluss erreichten, der sie zu den reichen Städten führte. Überraschend erschienen sie dann vor den Toren, um die Städte und Handelplätze zu plündern. Gab es kein wehrhaftes Heer, das zum Schutz der Stadt diente, krähte schnell der rote Hahn auf den Dächern. Tod und Verderben brachten die Waräger dann in Windeseile über sie. Und jeden, der nicht schnell genug die Flucht ergriff, schlugen sie mit ihren Schwertern und Äxten nieder. Weiber wurden vergewaltigt, und viel Volk schleppten die Nordmänner in die Sklaverei oder auf den Opferaltar.

Ein solch grausamer Seekönig war Gorm der Wolf. Schnell hatten seine Männer die Zelte errichtet, die Feuer entzündet und an geeigneter Stelle das große Lager erbaut.

Das Banner des Seekönigs, das gerade noch am Mast des Drachenschiffes wehte, flatterte nun über dem großen Zelt des Anführers. Hinter den Mauern der Stadt aber saß der Chasarenfürst und beriet sich mit seinen Vertrauten, was zu tun sei, um einen Angriff der wilden Krieger abzuwenden. Denn obwohl Etil gut befestigt war, zweifelte doch niemand daran, dass es den Warägern gelingen würde, in die Stadt einzudringen.

Doch die Tage vergingen, und zur Verwunderung aller erfolgte kein Angriff, und die Späher berichteten davon, dass die Nordmänner an jedem Abend zwar wild feierten, aber keine Vorbereitungen für einen Kampf trafen.

Betrunken vergnügten sich die Kerle mit ihren Weibern, die sie mit sich führten. Den Frauen der Hauptmänner, die mit ihren Gemahlen segelten, und natürlich den vielen Sklavinnen.

Auch Gorm selbst hatte sein Weib namens Gunhild und eine zweite Nebenfrau bei sich. Diese bewohnten mit den anderen Frauen in einem gesonderten Teil des Lagers eigene große Zelte.

Heftiger Regen prasselte auf die Plane des großen Fürstenzeltes nieder, als Gorm seine Hauptleute zur Beratung rief. Es waren sechs stattliche Krieger, die nach und nach in das Zelt traten. Als alle versammelt waren, schickte Gorm seine Frauen hinaus, und ein Blick des Jarls Ingmar, den man den Zornigen nannte, traf den der Herja, die die Zweitfrau des Gorm war. Und der Hauch eines

Lächelns huschte über das windgegerbte Gesicht des rauen Kriegers.

„Es ist an der Zeit, nach Känugard[16] weiter zu ziehen, denn dort will ich dem Fürsten dieses Reiches meine Aufwartung machen." Da bereitete Jarl Ingmar seinem Beinamen alle Ehre. „Nach Känugard soll uns der Weg führen?", rief er erzürnt. Seine blauen Augen glänzten, und sein wütender Widerstand gegen den Seekönig war laut und heftig. „Mich dürstet es nach Gold und Silber, nicht nach einem weichen Bett!" Er sah die anderen Jarle fordernd an und hoffte auf ihren Beistand. „Ein paar Ziegen sind keine Beute für einen Raubzug. Ich will als reicher Mann in das Nordland zurückkehren!" Die Anwesenden nickten, sahen ihren Anführer streng an und ließen keinen Zweifel daran, dass sie der gleichen Meinung wie Ingmar waren.

„Von der Stadt Miklagard[17] sprach mein Vater Rhörik und riet mir zu dieser Wikingfahrt. Ich hoffte, dass dies unser Ziel sein wird, Gorm! Eine Stadt, reich und angefüllt mit Schätzen des Orients. Mit dicken Mauern zwar, aber nicht uneinnehmbar", schwärmte der Seekrieger. „Von einem mutigen König geführt, sollen unsere Schiffe von dort voll beladen nach Nordland heimsegeln!"

Da erhob sich Gorm wütend und fuhr Jarl Ingmar über das Maul. „Wirfst du mir etwa Feigheit vor, Ingmar?", rief nun Gorm erbost und konnte nur mit Mühe von den anderen Jarlen zurückgehalten werden. „Hüte deine Zunge, oder ich lasse sie herausschneiden und stecke sie dir in deinen Arsch!" Dann wandte er sich den anderen Hauptleuten zu und sprach nun in ruhigerem Tonfall: „Auch ich will einmal nach Miklagard. Doch noch nicht jetzt, da unsere Flotte noch zu schwach ist, als dass wir die Stadt nehmen könnten. Der Fürst von Känugard aber hat, wie ich hörte, viele

---

[16] Känugard – Wikingername für Kiew
[17] Miklagard – Konstantinopel

Waräger in seiner Gefolgschaft. Er gab ihnen Land, und nun sind sie seine Untertanen." Er sah Ingmar versöhnlich an und sprach: „Glaube mir, auch mich dürstet es nach Silber und Gold. Und, beim Odin, unsere Flotte wird wachsen!" König Gorm nahm wieder auf seinem mit Drachen- und Schlangenschnitzereien verzierten Hochstuhl Platz.

„Nach Känugard also", sagte er bestimmt und nahm den Männern die Entscheidung ab. „Wenn der Mond seine volle Rundung erreicht!" Die Jarle nickten und stimmten ihrem König zu. Außer Jarl Ingmar, der schaute finster drein, als er das Zelt seines Gefolgsherrn verließ. Kaum waren die Warägergrafen gegangen, trat ein Weib vor den Hochstuhl des Seekönigs. Sie war groß und kräftig gewachsen und zählte schon mehr als vierzig Sommer und Winter.

„Thorhild! Was willst du?", fragte Gorm streng. „Ich habe dich nicht rufen lassen."

„Ich bin die Heilerin, das Totenweib und deine Seherin. Wenn die Götter mit mir sprechen, so trete ich vor meinen König", sprach die Frau frech und mit sichtlich fehlendem Respekt. „Dein Nebenweib Herja", sagte sie erst leise, als hätte sie ein Geheimnis zu verkünden, um dann mit gewaltiger Stimme fortzufahren: „Sie spreizt für einen anderen ihre Beine und hat das Zelt des Nebenbuhlers betreten!" Da wurde Gorm hellhörig. „Was sprichst du da, Seherin? Dies ist eine schwere Anschuldigung!"

„Ich sah keinen Beweis dafür. Doch die Knochen sagen es!"

„Du hast dies aus ein paar alten Gebeinen gelesen?" Gorm wurde böse. „Willst du den Zeichen der Götter keinen Glauben mehr schenken, König Gorm?", fragte die Seherin forsch. „Du musst sie auf die Probe stellen. Soll sie ihre Unschuld in kochendem Wasser beweisen!" Der König lehnte sich auf seinem Stuhl zurück und nickte. „Doch noch mehr sah ich! Seekönig Gorm, hüte dich vor den Deinen! Odin dürstet es nach deiner Gesellschaft!"

„Was redest du da, Weib?", sprach der Warägerkönig immer noch verärgert, doch seine Gedanken schienen längst nicht mehr bei den Worten der Seherin zu sein.

„Die doppelschneidige Axt der Hel sah ich über deinem Haupt, und die Knochen zeigen einen falschen Freund an deiner Seite, Herr!"

Da sprang der Wikingerfürst von seinem hölzernen Thron auf und stürmte aus seinem Zelt hinaus ins Freie. Mit schnellem Schritt begab er sich zu dem Zelt, das seine Frauen bewohnten. Er riss die Plane beiseite, und Gunhild, seine Gattin, sah ihn erstaunt an, doch trat Gorm vor Herja, die sofort von der Liege hochfuhr, auf der sie saß und ihr schönes, langes Haar kämmte. „Du, Weib!", rief er zornig. „Sage mir hier vor der Gunhild: Ist es wahr, dass du dich einem anderen Kerl hingegeben hast?" Ein stechender, fragender Blick bohrte sich in das Antlitz des jungen Weibes. Doch die hellblauen Augen der Frau, die von der Göttin Freya mit besonderer Schönheit beschenkt worden war, hielten dem Blick ihres Herrn und Gatten stand. Aber sie blieb stumm wie ein Fisch. Da trat Gorm dem Weib ganz nah, sodass sich ihre Nasen fast berührten. „Es wird dir Ehebruch vorgeworfen", sagte er mit zusammengekniffenen Augen. „So werde ich dich auf die Probe stellen, Herja!" Das Gesicht der Schönen wurde bleich, doch sie schwieg beharrlich. Wütend verließ der König das Frauenzelt und rief nach einem der Wächter. „Suche mir einen zweiten Seher", befahl er barsch. „Wenn die Weissagung der Thorhild stimmt, muss ein anderer Seher sie mir bestätigen können!"

Am späten Morgen des nächsten Tages kam der Wächter in das Zelt des Königs. „In der Stadt, nicht weit von unserem Lager, weilt ein Sternenkundiger aus dem Orient, so sagt man", berichtete er mit wenigen Worten, und der König verlangte sofort nach einem Pferd.

Die Sonne stand bereits im Zenit und brannte heiß, als die Nordmänner in wilder Hast über das Steppenland ritten und das Tor der Stadt Etil passierten, noch ehe die Wächter dies schließen konnten. Voller Angst verschwanden die Bewohner in ihren Häusern und verriegelten die Türen gut, auch wenn dies nur eine Handvoll Nordmänner war, die in ihre Stadt kam. Da gelang es den Kriegern, einen der fliehenden Chasaren aufzuhalten. Doch anstatt ihm ein Leid anzutun, warf der Anführer der Reiter dem Mann ein Goldstück entgegen. „Wo finde ich den orientalischen Seher?" Der Mann sah den Wikinger zuerst fragend an, doch dann verstand er. „Den arabischen Heiler suchst du, Herr! Die Gesandtschaft aus Bagdad kam vor einiger Zeit hier an, und es soll auch ein Sternenkundiger und Heiler bei ihnen sein." Der Chasare führte die Nordmänner zu der Herberge, in der der Araber abgestiegen war, und machte sich dann schleunigst aus dem Staube.

Es dauerte auch nicht lang, und der Wirt der Herberge kam mit zwei Männern in orientalischer Kleidung die Stiege hinab in den Schankraum, nachdem ihm Gorm befohlen hatte, den arabischen Heiler herbeizuschaffen.

„Ich bin Gorm, den man den Wolf nennt", sprach der rothaarige Seekönig mit Stolz in seiner rauen Stimme. „Bist du der orientalische Seher?"

Der eine Araber, seine Kleidung war bei weitem nicht so vornehm wie die seines Begleiters, begann die nordischen Worte zu übersetzen, und der Mann, der offensichtlich sein Herr war, sah Gorm freundlich an und nickte. Dann sagte er etwas in einer Sprache die Gorm nicht verstand. Dabei legte er sich seine Hand zuerst auf seine Brust, dann küsste er sie und führte sie dann auf die Stirn. „Mein Herr grüsst dich, Gorm", sprach der Diener lächelnd. „Dies ist Mohamed Ibn

Fadlan, der Leibarzt und Seher eines Gesandten des Sultans von Bagdad!"

„Womit kann mein Herr dir zu Diensten sein, König der Waräger?", fragte der Diener in nordischer Sprache.

„Wenn dein Herr wirklich ein Seher ist, so kennt er mein Anliegen bereits", sagte Gorm listig, und der Diener begann zu übersetzen, doch Ibn Fadlan hieß ihn mit einem Wink zu schweigen. „Dich interessiert die Treue einer Frau. Du willst von mir wissen, ob deine Nebenfrau für einen anderen ihre Beine spreizt!" Erstaunt sahen sich Gorm und seine Begleiter an. Nicht nur, dass die Worte des Arabers der Wahrheit entsprachen, sie zeigten auch, dass er sehr wohl der Sprache der Nordmänner mächtig war. Zwar ließ die Aussprache des Orientalen sehr zu wünschen übrig, doch bewies es, dass er die Männer verstand. Bevor Gorm etwas sagen konnte, fuhr der arabische Sternenkundige fort: „Es gibt Wichtigeres, um das du dich sorgen solltest, Seekönig Gorm!" Freundlich und doch mit festem Blick sprach Ibn Fadlan weiter. „Dein Leben ist in Gefahr, und der Feind ist einer der Deinen!"

Da entfuhr Gorm ein tiefes, grollendes Lachen. „Du bist wirr, Araber", sprach er abfällig. „Die Sterne lassen dich Falsches sehen. Ein jeder dieser Waräger hat mir Treue und Gefolgschaft geschworen!" Ein finsterer Blick traf die Gefährten an seiner Seite. „Oh nein! Von ihnen droht mir keine Gefahr. Was bist du für ein dürftiger Seher", sprach er voller Verachtung, doch ein Zittern in seiner Stimme verriet seine Bedenken. Überheblich warf er einige Münzen auf den staubigen Boden und verließ mit seinen Männern die Herberge.

Es war finstere Nacht geworden, und viele der Wikinger hatten sich um ein großes Feuer versammelt. Sie saßen und lagen auf dem Boden und hatten es sich bequem gemacht, während der Skalde Thorir, der etwas erhöht auf einem

Stein saß, einige Sagas zum Besten gab. Von den Heldentaten des Beowulf aus dem Götland erzählte er, der den Troll Grendel besiegte, und er sprach auch von Ubbe und seinen Brüdern, die die Söhne Ragnar Lodbroks waren, und auf der Insel der Angelsachsen viel Land erkämpften, das sie Danelag nannten. Doch König Gorm stand nicht der Sinn nach Heldensagen, denn die Worte des Ibn Fadlan beschäftigten ihn mehr, als er sich eingestehen wollte. An diesem Abend blieb er in seinem Zelt und verbot es, bei Strafe, gestört zu werden.

*

Von der gegenüberliegenden Seite des Wolgaufers, aus den großen Sümpfen, zog dichter Frühnebel in das Lager der Waräger. Langsam schob sich die Sonne in der Ferne über den Rand der kaukasischen Berge, tauchte die Steppe in ein rotes Licht, und das Leben des anbrechenden Tages verdrängte die Ruhe der Nacht aus dem Lager der Wikinger. Die Wachen wurden abgelöst, und vor den Zelten wurden die erloschenen Feuer neu entfacht. Frauen liefen nun umher, holten Wasser und begannen, das Frühmahl herzurichten. Immer mehr Menschen traten ins Freie, um den Morgen mehr oder weniger freundlich zu begrüßen. Einige von ihnen, Frauen wie auch Männer, entledigten sich ihrer Kleidung und wateten an einer flachen Stelle in das Wasser der nahen Wolga, um sich zu waschen.
Vor dem Zelt der Frauen des Seekönigs Gorm standen zwei Wachposten, denn der Herr hatte nur der Gunhild erlaubt, das Zelt zu verlassen. Herja aber war nun eine Gefangene ihres Gemahls.
Die junge Frau hatte nur wenig geschlafen, denn die Angst vor der Wasserprobe hatte ihr lange die Ruhe geraubt. Und wenn es ihr endlich einmal gelang, in Schlaf zu fallen, so

überkamen sie grausige Albträume. Als wäre die Wasserprobe nicht schon Leid genug, erwartete sie eine noch viel schlimmere Qual, wenn sich das Gottesurteil gegen sie wandte. Als sie noch ein Kind war, hatte sie einmal miterlebt, wie ein Weib, das des Ehebruchs überführt war und zum Tode verurteilt, mit gefesselten Gliedern in den Sumpf geführt wurde. Immer noch hallten in ihrem Gedächtnis die gellenden Schreie der Unglücklichen, als diese langsam im Moor versank. Ihr ängstliches Weinen, das zu einem Wimmern wurde, um dann in einem Gurgeln zu ersterben.

Es war schon fast zur Mittagszeit, als das Hornsignal Herja aus einer Art Dämmerschlaf riss. Die zwei Krieger traten in das Zelt und zerrten die junge Frau ins Freie. Die Sonne schien, und Herja kniff ihre geröteten Augen zusammen, da sie das grelle Licht schmerzte. Ihr sonst so schön gepflegtes und langes Lockenhaar hing ihr zerzaust über die Schultern herab. Ihr Gesicht war bleich, und dunkle Ränder unter ihren Augen zeugten von Schlaflosigkeit und Angst. Thorhild, die Seherin des Gorm, die auch das Totenweib war, trat neben Herja und riss diese, am Arm haltend, mit sich. Vor dem Zelt des Seekönigs Gorm stand dessen Hochstuhl und der Anführer der Waräger hatte darauf Platz genommen.

„Hier ist das Weib, dem vorgeworfen wird, dich mit einem anderen Mann betrogen zu haben!", rief die kräftige Thorhild laut aus und stieß Herja unsanft vor den Thron ihres Gemahls. „Die Götter zeigten mir, dass sie das Lager mit einem anderen teilte!"

Mit einem Wink gab König Gorm das Zeichen, und zwei kräftige Kerle schleppten einen großen, eisernen Topf herbei. Vorsichtig taten sie dies, auf dass sie nichts von dem Inhalt verschütteten, denn noch brodelte das Wasser in dem Topf, der gerade noch auf dem lodernden Feuer gestanden hatte. Sie stellten den ehernen Kessel vor ihrem König ab, und dieser erhob sich. „Noch einmal frage ich dich, hast du dich einem Kerl hingegeben, Herja?", rief er, sodass die große Menge der Umstehenden seine Worte gut vernehmen konnte. Doch Herja schwieg!

„Dann sollen die Götter uns die Wahrheit zeigen. Bist du unschuldig, so wirst du die Probe unbeschadet überstehen!" Da trat Herja an den Kessel. Stumm und ohne jede äußerliche Regung tauchte sie ihre Arme in das kochende Wasser. Gespannte Stille lag über der Menge der Schaulustigen, und erst als Gorm das Zeichen dafür gab, zog die junge Frau, deren Gesicht kreidebleich geworden war, die Arme aus dem Kessel. Die gerade noch weiche, gepflegte Haut des schönen Weibes war von großen Blasen bedeckt und hing zum Teil schon in Fetzen von den Armen herab. Ihre zarten Hände waren zu Klumpen roten, gekochten Fleisches geworden. Für einen kurzen Moment sah sie Gorm an und sackte dann auf die Knie. Ihr Kopf neigte sich langsam auf die Brust, und sie war ohne Besinnung. Das Totenweib zeigte auf ihre Arme. „Das ist der Beweis!", rief sie hämisch aus.

„Du elendes Hurenweib! Sollen dich die Sümpfe verschlingen!", rief Gorm wütend und trat vor die auf dem Boden kauernde Frau. „Schafft sie fort und ersäuft sie im Moor!"

Da trat Jarl Ingmar aus der Menge und mit ihm einige seiner treuen Krieger. „Was willst du für sie haben, Gorm?", brüllte er dem König entgegen. „Ich zahle dir einen guten Preis, wenn du sie mir überlässt!"

Gorm der Wolf sah den Jarl verwundert an, beugte sich seinem Gesicht entgegen und zischte mit verbissenem Antlitz: „Hast du nicht gehört? Sie geht in den Sumpf!"

„Ich will sie", beharrte Jarl Ingmar trotzig.

„Bist du gar der Kerl, in dessen Zelt sie war?", fragte der König zornig, wandte sich ab und ging einige Schritte. Doch noch einmal drehte er sich zurück. „Ingmar! Erbärmlicher Verräter und ehrloser Weiberheld!"

Da hob Jarl Ingmar seinen Speer und ließ diesen fliegen. Die scharfe Spitze bohrte sich Gorm tief in die Brust, und die Krieger um Ingmar traten mit gezogenen Schwertern auf die Männer des Seekönigs zu. Doch zu sehr waren sie von dem Angriff überrascht worden, und keiner erhob seine Waffe, denn der Schock saß tief. Stattdessen nahmen sie den Blut spuckenden König vom Boden auf, brachten ihn in sein Zelt und legten ihn auf sein Schlaflager. Auch Königin Gunhild steckte der Schreck in den Gliedern, und sie hatte bei der Tat aufgeschrien, doch nun führte sie die Männer an, die ihren Gemahl trugen. Eilig schickte sie einen Boten nach Etil, denn sie hatte ihren Mann von dem arabischen Heilkundigen reden hören. Als der Krieger sein Pferd vor der Herberge des Arabers zügelte, dampfte der Schweiß auf dem Fell des Tieres, und auch der Reiter war erschöpft von dem wilden Ritt. Doch der orientalische Arzt sprach voller Ruhe: „Du kommst zu spät! Dein Herr ist zu seinen Göttern gegangen!"

„Woher willst du das wissen? Los, eile dich!", befahl der Bote. Doch Ibn Fadlan rührte sich nicht. „Glaube mir, dein Herr ist tot!"

Argwöhnisch und mit Unglaube in seinem Gesicht sah der Bote den Seher und Heiler an, und dieser sprach: „Du kannst nichts daran ändern, doch ich werde dich in euer Lager begleiten. Meine Hilfe wird benötigt, und ich will deinem toten König diese letzte Ehre erweisen!"

Als der ausgesandte Krieger und seine Begleiter das Lager der Waräger erreichten, herrschte eine gespannte, ja fast feindselige Stimmung, und nur die Vertrauten des Jarls Ingmar liefen mit ihren Waffen umher und kontrollierten das Wik. Das Königsbanner auf dem Zelt des Gorm war verschwunden, und es zeigte sich, dass Jarl Ingmar nun das Wort führte.

Kaum hatten sie ihre Pferde gezügelt, da trat auch schon ein Wächter auf die Ankommenden zu. „Bist du der arabische Heiler?", fragte er Ibn Fadlan, der natürlich leicht an seiner orientalischen Kleidung zu erkennen war. Dieser nickte und schwang sich aus dem Sattel. Da wies ihm der Krieger den Weg zum Zelt des Jarls Ingmar. „König Gorm ist tot! Er braucht deine Hilfe nicht mehr", sagte er streng, „doch der Jarl verlangt nach dir."

Als der Araber und sein Diener das Zelt des Ingmar betraten, zwei Wächter gewährten ihnen Einlass, lag die schöne Herja leise wimmernd und zitternd auf dem Schlaflager des Wikingergrafen und Ingmar selbst saß auf einem Schemel an ihrer Seite. Mit einem Tuch tupfte der kräftige und jähzornige Mann dem jungen Weib vorsichtig und fast liebevoll den Schweiß von der Stirn. Er sprang auf, als er den Araber erblickte. „Wenn du dieses Lager lebend verlassen willst, dann heile sie, Araber", drohte der Jarl unverhohlen, doch Ibn Fadlan behielt die Ruhe und zeigte keinerlei Angst. Er verbeugte sich leicht zur Begrüßung, sah auf das Weib herab und lächelte. Dann gab er seinem Diener einige Anweisungen in arabischer Sprache, und dieser verließ das Zelt, um wenig später mit dem Reisebeutel des Arztes zurückzukehren. „Herr der Waräger", sprach dieser zu Ingmar, und seine Worte klangen beleidigt. „Ich bin ein Heiler, und es ist mein Begehr, den Kranken und Hilfsbedürftigen zu helfen. So auch diesem Weib!" Immer wieder übersetzte der Diener die Worte seines Herrn, die dem Ibn Fadlan in nordischer Sprache nicht bekannt waren. Doch Ingmar verstand den Mann auch so gut genug und er sah ein, dass seine Drohungen nicht vonnöten waren. Langsam nickte er zustimmend. Da gab der Arzt seinem

Diener den Befehl, frisches Wasser herbeizuschaffen, wühlte in dem Beutel und holte Töpfchen und Salbentiegel sowie sauberen Verbandstoff hervor. In einem hölzernen Becher begann er einen Trank zu rühren, den er dem Weib langsam in den Mund träufelte. Und schon kurz darauf verstummte das Wimmern der Verletzten, und ihr Körper entspannte sich. Der Trank, der die Schmerzen lindern sollte, zeigte seine Wirkung, und als Ingmar der Zornige sah, dass die Heilkräfte des Arabers groß waren, trat er neben den Mann aus Bagdad und legte diesem die Hand auf die Schulter. „Sehe dich als meinen Gast, Ibn Fadlan. Du sollst nicht länger mein Gefangener sein!"

Der arabische Diener übersetzte die Worte des Warägers, und der Heiler lächelte freundlich, doch ließ er sich in seinem Tun nicht unterbrechen. Mit dem Wasser und einem Tuch tupfte er die Wunden ab, mischte Salben und Tinkturen und rieb damit die gekochten Hände und Arme des Weibes ein. Danach umwickelte er diese sorgsam mit dem Verbandstoff. Als die Arbeit vollbracht war, war die schöne Herja eingeschlafen. „Der Schlaf und die Ruhe werden die Heilung vorantreiben", sprach Mohamed Ibn Fadlan und trat dann aus dem Zelt des Jarls. Da sah er, dass sich wieder eine große Menschenschar vor dem Zelt des toten Königs eingefunden hatte. Fragend schaute er den Jarl an, der ihm aus dem Zelt gefolgt war. „Was geht da vor sich?", fragte der Fremde neugierig. „Warte ab und sieh", bekam er zur Antwort. Die Sklavinnen des Gorm mussten sich vor dem Zelt ihres Herrn in eine Reihe stellen. Dann trat Thorir der Skalde vor sie und rief: „Wer von euch wird seinen Herrn begleiten? Wer will mit ihm gehen?"

Es herrschte Totenstille in der Menge vor dem Zelt und auch in der Reihe der Sklavinnen. Da wiederholte der Skalde seine Frage nach einem freiwilligen Opfer. Doch niemand rührte sich. Anscheinend hatte keine der Sklavinnen ihren

Herrn so geliebt, dass sie ihm in das Totenreich folgen
wollte. Wieder sah der Araber den Jarl fragend an. Doch
dieser wies nur stumm mit dem Finger zum Geschehen vor
dem Totenlager des Königs. Nun traten das erste Weib des
Gorm, Königin Gunhild, und das Totenweib Thorhild vor
die Sklavinnen. Für einen Moment verharrten sie, bis
Gunhild auf eine junge Sklavin mit langen, dunklen Zöpfen
wies. Diese erschrak, und ihr Gesicht wurde bleich. Sie war
eine der Konkubinen des Königs gewesen, und nun sollte sie
ihren Herrn in eine andere Welt begleiten.
Sofort trat die kräftige Thorhild vor, ergriff das Weib und
nahm sie mit sich. Da kreischte die Sklavin und wehrte sich,
doch alles Ziehen und Zerren half ihr nicht gegen die Kraft
der Thorhild.
Mohamed Ibn Fadlan, der die nächsten Tage als Gast des
Jarl Ingmar im Lager der Waräger verbrachte, konnte er
doch so die Heilung der Herja gut überwachen, sah das
auserwählte Weib nun immer wieder zwischen den Zelten
umherlaufen. Doch stets war sie in der Begleitung zweier
kräftig gebauter Frauen, die die Töchter der Thorhild waren,
und es fiel dem arabischen Gast auf, dass sie sehr betrunken
war. Sie kicherte albern und trat ungebeten in die Zelte ein.
Doch niemand war ihr gram. Im Gegenteil! Alle gaben ihr
noch mehr zu trinken und baten sie, ihre Grüße an den
König zu überbringen.
Dem Araber war das Gastrecht des Jarls nicht unangenehm,
interessierte ihn der Vorgang im Lager doch sehr. So sehr,
dass er begann, die Geschehnisse in seinem Reisetagebuch
niederzuschreiben. Die Genesung der Herja machte gute
Fortschritte, und Ingmar war zufrieden mit dem Heiler. Er
behandelte den Fremden freundschaftlich und duldete ihn
jederzeit in seiner Nähe. Auch gab Jarl Ingmar ihm willig
auf seine Fragen Auskunft, und so erfuhr der Heiler, dass
Met und Bier dem Weib verabreicht wurden, um ihr die

Angst vor dem Tode zu nehmen. Und dieser Zustand sollte
sich auch nicht mehr ändern.

Zehn Tage würden die Vorbereitungen für das Begräbnis
dauern, und für diese Zeit hatten die Waräger den Leichnam
des Gorm in ein tiefes Grab gelegt und dieses gut abgedeckt.
Das Vermögen des Königs wurde nun zu drei Teilen
aufgeteilt. Der erste Teil wurde unter der Familie des Toten
als Erbe verteilt, sodass jeder etwas abbekam. Das meiste
erhielt aber der älteste Sohn des Königs. Der zweite Teil
diente dazu, die kostbaren Leichenkleider zu nähen, das
Totenschiff zu schmücken und die kostbaren Beigaben
herbeizuschaffen. Der dritte Teil aber war dazu gedacht, die
Totenfeier auszurichten, denn es wurden Unmengen an Bier,
Met und Nahrung gebraucht. Schließlich sollte niemand der
Sippe des Gorm nachsagen, dass sie zu geizig waren, eine
angemessene Feier für den toten König auszurichten.
Die Schnigge des Seekönigs war auf das Land geschleppt
worden und stand nun, von dicken Pfählen gestützt, mit
hocherhobenem Drachenhaupt nicht weit des Lagers. Ein
Zelt war darauf errichtet worden, und man begann damit,
das Schiff zu schmücken. Makellose Felle legten sie darauf
aus und fein gewebte orientalische Teppiche. An einem
Tage sammelten sich die engsten Vertrauten und Gesippen
des Verstorbenen in dessen Zelt und tranken viel von dem
Nabid, dem nordischen Bier. Einen Tag und eine Nacht lang
soffen und feierten sie ausgelassen voller Freude und bis hin
zur Besinnungslosigkeit. Jarl Ingmar verzichtete auf dieses
Fest, aus für den Araber verständlichen Gründen.
In den folgenden Tagen sah Ibn Fadlan die Krieger des Jarl
Ingmar stets in vollem Rüstzeug und schwerer Bewaffnung,
denn der Jarl hatte nun endgültig die Macht an sich gerissen.
Jedoch würden die Waräger nach dem Totenfest einen
neuen König wählen, und dieser wollte natürlich Ingmar

werden. Der älteste Sohn des Gorm trachtete aber auch danach, seinem Vater als Anführer der Wikingerschar zu folgen, und es bestand die Gefahr, dass er so wie Ingmar selbst seine Krieger sammeln könnte. Ein jeder der sechs Jarle hatte nun sein Gefolge um sich geschart und beäugte die anderen Häuptlinge mit Argwohn. Erst wenn der neue König gewählt war und die Jarle ihm den Gefolgschaftseid geleistet hätten, würde wieder Ruhe in das Lager einkehren.

Oft streifte der Araber nun mit seinem Diener durch das Lager, denn er hatte die Erlaubnis, sich frei zu bewegen, und eine Flucht hätte sowieso wenig Sinn gemacht. So fragte der Araber viel und erhielt meist Antwort. An einem Tag begannen einige Waräger damit, um das Schiff des Gorm Holz aufzustapeln. Sorgsam sortierten sie die Scheite, denn es durften nur Stücke besonderer Holzarten verwendet werden. Noch sollte die Sonne zweimal untergehen bis zu dem Tage, an dem die Leichenfeier stattfinden würde. Der arabische Heilgelehrte hatte, wie an jedem der letzten Tage auch, die Wunden der Herja versorgt. Nun saß er als Gast des Jarls in dessen Zelt und trank einen Becher Wasser, da ihm der Genuss von Alkohol aus Gründen des Glaubens verboten war. Anfangs war Ingmar noch erbost darüber, dass der Araber das ihm angebotene Bier ausschlug. Doch nach einer langen Erklärung des Mannes aus Bagdad zeigte er sich verständnisvoll und war nicht mehr beleidigt. Auch zwei Krieger als Wachen waren in dem Zelt zugegen, und der Diener des Ibn Fadlan, der als Übersetzer diente, wenn seinem Herrn die nordischen Worte fehlten. Plötzlich wurde die Zeltplane geöffnet, und die junge Sklavin, die den toten König begleiten sollte, wurde von den zwei kräftigen Töchtern der Thorhild hereingeführt. Das Weib war kaum mehr im Besitz seiner Sinne. Schwer betrunken stammelte sie unverständliche Worte und kicherte albern.

„Hier bringen wir die Auserwählte", sprach die eine der Wächterinnen mit strengem Blick. „Tue deine Pflicht, Jarl Ingmar!" Da erhob sich der Wikingergraf und nickte. Die Sklavin wurde zu einem der Schlaflager geführt, und sie legte sich nieder. Die eine Wächterin reffte ihr Kleid empor bis zu den Hüften, sodass ihr Schoß nun für alle sichtbar wurde. Der Araber erschrak, hatte er mit so etwas doch nicht gerechnet. Doch Ibn Fadlan schwieg. Nun ließ Jarl Ingmar seine Beinkleider herunter und drang, vor den Augen der Anwesenden, in das Weib ein. Bei jedem kräftigen Lendenstoß sprach er: „Sage dies zu deinem Herrn: Das tat ich aus Liebe zu dir!"

Erstaunt, verwundert und auch beschämt sahen der Araber und sein Diener, wie Ingmar das Weib bestieg, das dem Tode geweiht war, und dass all die, die in dem Zelt zugegen waren, dies gespannt beobachteten. Als sich Ingmar endlich in die junge Frau entleert hatte, wurde die Sklavin aus dem Zelt geführt, und der Jarl widmete sich wieder seinem arabischen Gast und trank sein Bier, als sei nichts geschehen. Der fragende und erstaunte Blick des Arabers ließ ihn sein Tun erklären. „Sechs Jarle waren im Gefolge des Gorm, und ein jeder von ihnen muss dem Weib diese Ehre erweisen", erklärte er diese Zeremonie. „Sie wird diesen Gruß ihrem Herrn überbringen. So wollen es die Götter!"

Auch dieses Erlebnis notierte der arabische Gelehrte an dem Abend sorgsam in sein Tagebuch.

Es war am Morgen des Tages vor der Leichenfeier, als der arabische Heiler in das Zelt des Ingmar trat, um die Wunden der Herja zu behandeln. Die Salben taten ihre Wirkung zur vollsten Zufriedenheit des Heilkundigen, und die Brandwunden heilten gut. Lange konnte es sicher nicht mehr dauern und das Weib würde seine Hilfe nicht mehr benötigen. Auch Jarl Ingmar hatte die fortschreitende Genesung der Herja erkannt und bat den Araber, als dieser seine Arbeit getan hatte, noch zu bleiben. Eine Sklavin des Jarls brachte zu Essen, und da der Araber in der Tat hungrig war, nahm er die Einladung dankend an. So sprachen die Männer den ganzen Morgen miteinander, und der Heiler unterwies den Nordmann im Umgang mit den Salben, die er ihm zurücklassen wollte, wenn er das Lager verließ.

Als Mohamed Ibn Fadlan und sein Diener aus dem Zelt traten, stand die Sonne bereits im Zenit, und sie sahen die junge Sklavin, die bereits wieder betrunken lallend und lachend durch das Lager torkelte. Ihre beiden kräftigen Wächterinnen gingen dem Weib nicht mehr von der Seite und flößten ihr aus einem Krug ein Getränk ein, auf dass sie betrunken blieb. Sie kannten genau die Menge, die sie der Sklavin geben mussten, ohne dass die Wirkung des Alkohols nachließ. Selbst wenn die junge Frau nach einem besinnungslosen Schlaf erwachte, waren sie in der Lage, schnell wieder den Zustand der Trunkenheit herbeizuführen. Am Nachmittag kamen acht kräftige Männer und hoben den Leichnam des toten Königs vorsichtig aus dem kühlen Grab. Zur Verwunderung des arabischen Gelehrten war der Körper des Gorm unversehrt und zeigte keinerlei Anzeichen für eine beginnende Verwesung. Nur seine Haut war in dem dunklen Erdloch, in das sie ihn gelegt hatten, fast schwarz geworden.
Die Männer trugen den Toten auf das Schiff und brachten ihn in das Zelt, in dem die Leiche des Königs aufgebahrt wurde. Frauen kamen und kleideten Gorm in feinste Gewänder. Dann legten sie den Körper wieder auf die mit dicken Fellen gepolsterte Bahre und verließen das Zelt. Nach und nach traten Krieger auf das Schiff. Zuerst kam der älteste Sohn des Gorm. Dieser trat in das Zelt und legte

seinem Vater der Länge nach dessen Schwert auf den Körper. Dann kam Egil, ein enger Vertrauter des Gorm und legte den fein verzierten Rundschild an die Totenbahre. Darauf folgten einer mit einem Speer und ein anderer mit der Axt des Königs. So war Gorm nun gewappnet und musste nicht ohne die Zeichen seiner Freiheit vor die Götter treten.

Die Dunkelheit brach bereits über das Steppenland ein, als Herja den arabischen Gelehrten an ihr Lager rufen ließ. Sie war allein in dem großen Zelt, und Mohamed Ibn Fadlan setzte sich auf einen Schemel, dicht an ihre Seite. Er besah sich schweigend noch einmal ihre Wunden und nickte zufrieden. Plötzlich zog sie ihre Hände zurück. „Du bist doch ein Gelehrter, und ich hörte, dass du in den Sternen die Zukunft lesen kannst", sprach sie mit leiser Stimme. Wieder nickte der arabische Heiler. „Kannst du mir sagen, wann wir in unsere Heimat zurückkehren? Wann werden wir die Fjorde, die Wälder und den Schnee wiedersehen?"
„Niemals!", antwortete der Seher, ohne zu zögern. „Keiner von euch wird in seine Heimat zurückkehren!"
Herja sah den Mann mit dem schwarzen Haar und dem schmalen Bärtchen auf der Oberlippe entsetzt an.
„Keiner?"
Langsam schüttelte der Araber seinen Kopf. „Nicht einer!"
„Sage mir, Seher: Wird es ein ehrenvoller Tod sein, der uns ereilt?" Der Gelehrte strich dem schönen Weib mit seiner Hand über die Stirn. Sie war heiß!
„Ich weiß zu wenig über dein Volk, als dass ich sagen könnte, welcher Tod für euch ehrenvoll ist. Doch ich kann dir sagen, das keiner von euch auf seinem Schlaflager sterben wird!"
„Weißt du auch, wann das sein wird?", fragte Herja leise.

„Es ist nicht gut, den Zeitpunkt zu kennen, den Allah bestimmt hat, uns in sein Reich zu rufen", sprach der Araber, und Herja sah ihn fragend an, denn den Gott des orientalischen Mannes kannte sie nicht. Sie kannte nur ihre nordischen Götter.

„Sag es mir, wenn du es weißt", drängte sie, und ihre Stimme war nicht mehr leise und sanft, sondern streng und fordernd. Mohamed Ibn Fadlan sah Herja voller Mitleid an.

„Kein Nordmann wird den Neumond erleben!"

*

Schon früh am Morgen des zehnten Tages nach dem Tode König Gorms, herrschte in dem Lager der Waräger reges Treiben. Kaum war die Sonne aufgegangen, begannen die rituellen Vorbereitungen für das Leichenfest.

Vom Lärm geweckt, trat Ibn Fadlan aus seinem Zelt und sah, wie zwei Krieger auf den beiden schönen Pferden des Königs wild um das Lager ritten. Wieder und wieder trieben sie die vor Schweiß triefenden Tiere an, bis sie fast vor Erschöpfung zusammenbrachen. Dann endlich zügelten sie die Pferde vor der Schnigge des Gorm. Ein Krieger trat heran und stach den Pferden mit dem Schwert in den Hals, auf dass sie sterbend zu Boden fielen. Dann zerschlugen die Krieger die Tiere mit ihren Äxten und warfen die blutigen Fleischteile auf das Schiff. Und dieses Schicksal teilten auch der Hund des Königs sowie allerlei Getier, vom Ochsen bis zum Huhn. Bald darauf schleppten Sklaven große Fässer mit Bier und Krüge, gefüllt mit wohlschmeckendem Met, auf das Schiff.

Schönster Sonnenschein strahlte von einem wolkenlosen, blauen Himmel auf das Steppenland am Ufer der Wolga herab, als die eigentliche Zeremonie begann.

Alles nordische Volk hatte sich bei der geschmückten Schnigge versammelt, da führten sie die Opfersklavin auf den Platz vor dem Schiff, der für die Feierlichkeit vorbereitet war. Ein großer Haufen dünner Holzscheite lag da, und ein Feuer brannte. Ein übermannshohes Gestell aus Holz, einem Türrahmen ähnlich, war vor der Schnigge aufgebaut worden. Das Totenweib Thorhild schritt nun voran, gefolgt von ihren Töchtern und drei kräftigen Kriegern, die das junge Weib hielten. Die Sklavin, die auserkoren war, gemeinsam mit ihrem Herrn die Reise in die andere Welt anzutreten, war mit einem weißen Gewand gekleidet. Sie trug einen Kranz, geflochten aus den schönsten Blumen, auf ihrem Haupt und war so betrunken, dass die Männer sie stützen mussten.

Der Araber Mohamed Ibn Fadlan und sein Diener sahen diesem Treiben interessiert vom Rande der Menschenmenge zu, und niemand hinderte sie daran. Und da die beiden Fremden ein wenig erhöht einen Platz gefunden hatten, konnten sie das Geschehen gut beobachten. Zwei Männer ergriffen die Füße der Sklavin, und einer stützte sie im Rücken. So hoben sie das betrunkene Weib empor, bis dass sie über den Holzrahmen hinausragte. In einem kaum verständlichen Singsang sprach sie die nordischen Worte, die die Araber nicht verstanden. Der Diener wandte sich an einen bulligen Mann mit blonden Zöpfen, der nicht weit von ihnen stand und fragte diesen nach den Worten des Weibes. Nachdem er Antwort erhalten hatte, übersetzte er für seinen Herrn. „Ich sehe meinen Vater und meine Mutter dort oben sitzen!"

Dann hoben die Männer sie ein zweites Mal in die Höhe, und wieder rief sie Worte. Nun wandte sich der bullige Kerl, ohne gefragt zu werden, an den Übersetzer und wiederholte die Worte des Weibes. „Sehet dort! Ich sehe meine toten Gesippen dort sitzen", übersetzte der Diener des Ibn Fadlan.

Ein drittes Mal hoben die Krieger das betrunkene Mädchen über den hölzernen Rahmen, und diesmal schnitt sie einem Huhn den Kopf ab und warf das Tier auf das Schiff. Der Satz, den sie dabei sang, war länger als die vorherigen, und als sie geendet hatte, stellten die Männer sie wieder auf ihre eigenen Beine.

„Was sprach sie?", fragte Ibn Fadlan den Diener, denn dieser hatte in seiner Neugier auf das, was nun passieren würde, das Übersetzen vergessen. „Oh, verzeih mir, Herr!", entschuldigte er sich und begann dann, die Worte der Sklavin in arabischer Sprache zu wiederholen. „Ich sehe meinen Herrn, zusammen mit anderen Männern und ihren Dienern in einem grünen Garten sitzen. Er ruft nach mir. So lasst mich zu ihm gehen!" Als sie sich dann wieder der Zeremonie zuwandten, sahen sie, wie Thorhild, das Totenweib, und ihre beiden kräftigen Töchter neben die Opfersklavin traten. Diese nahm sich nun zwei Armreifen von ihrem Handgelenk und gab sie der großen Frau. Dann nahm sie die beiden Ringe, die ihre Oberarme schmückten und gab sie jeweils einer der beiden Töchter der Thorhild. Da ergriffen diese die Sklavin und führten sie hinauf auf das Schiff, auf dem das Zelt mit dem aufgebahrten König stand. Langsam kam nun Bewegung in die Menge, da die Krieger des Gorm vortraten und zu dem Holzhaufen gingen und sich jeder ein dünnes Scheit davon nahmen. Da fiel der Blick des Arabers auf die junge Herja, die in einem weißen Kleid, nicht weit des Schiffes, im Gefolge des Jarl Ingmar stand und noch sichtlich geschwächt der Zeremonie beiwohnte. Thorhild reichte der Sklavin, deren dunkles Haar nun zu dicken Zöpfen geflochten war, noch einmal einen Becher, und das Mädchen trank diesen hastig aus, genau wie den zweiten Becher, den man ihr gab. Dann sprach sie Worte, die der bullige Kerl dem Diener weitersagte.

„Sie nimmt Abschied von ihren Freunden", sprach der Diener zu seinem arabischen Herrn. Jetzt führten die beiden Töchter der Thorhild, begleitet von vier starken Kriegern, die Sklavin in das Zelt, und das Totenweib folgte ihnen. Doch als die junge Frau den toten Körper ihres Herrn sah, entfuhr ihr ein Schrei des Entsetzens, und sie wollte aus dem Zelt fliehen. Doch die Töchter der Thorhild hielten sie fest im Griff. Jene Krieger, die vor dem Totenschiff standen, begannen nun mit den Holzscheiten auf ihre Schilde zu schlagen, und es entstand ein ohrenbetäubender Lärm. „Was geschieht in dem Zelt?", fragte der arabische Gelehrte den kräftig gebauten Nordmann nun selbst, und er musste es laut rufen, denn der Lärm reichte bis in die letzte Reihe der Anwesenden. Und der Mann erklärte dem Gast bereitwillig, was nun auf dem Schiff geschehen würde. Der Lärm, den die Krieger machten, sollte die Todesschreie der Sklavin übertönen. Auf dass ihr Herr nicht beleidigt sei, dass seine Konkubine ihm nicht frohen Herzens folgte. Jetzt würde man das schöne Weib neben den toten König auf die Bahre legen, und zwei der Krieger mussten ihre Arme und zwei ihre Beine halten. Thorhild würde ihr nun einen Strick um den Hals legen, an dessen Enden jeweils ein Holzstück als Griff geknüpft war, den sie ihren Töchtern in die Hände legte. Und während die beiden Helferinnen nun kräftig an dem Strick zogen und die junge Frau erwürgten, sollte ihr Thorhild einen Dolch zwischen die Rippen stoßen.
Als das Totenweib aus dem Zelt trat, verstummte der Lärm. Sie legte den blutigen Dolch nieder und verließ, genau wie ihre Töchter und die vier Krieger, die Schnigge des Königs. Da plötzlich lief Herja schnellen Schrittes auf das Totenschiff ihres einstigen Gemahls, griff nach dem Dolch und trieb sich die Klinge in ihr Herz. Sie hatte entschieden, an der Seite ihres Gemahls zu bleiben, denn da alle sterben

würden, wollte sie vor den Göttern nicht in Ungnade fallen, und so tötete sich Herja von eigener Hand.

Als Jarl Ingmar dies sah, schrie er vor Zorn und Trauer auf, riss sein Schwert aus dem Wehrgehäng und erschlug in rasender Wut das Totenweib, das er für all das Unglück verantwortlich sah. Die Krieger des Jarls versuchten den Zornigen zu bändigen, der wohl auch die Töchter der Seherin erschlagen hätte. Sie hielten den Jarl und schleppten ihn fort von dem Platz vor dem Totenschiff, auf dem nun auch seine geliebte Herja lag.

Groß war die Unruhe in den Reihen der Anwesenden, denn viele hatten zuerst gar nicht gesehen, was da vor sich ging, und erfuhren es erst von denen, die näher am Geschehen standen. Empörung über die Störung der Zeremonie, aber auch Zustimmung für die Tat des Jarls waren zu hören.

Es dauerte eine Weile, bis sich der Lärm gelegt hatte und ein Mann aus der Menge trat. Er war nackt!

„Dies ist der älteste Sohn des Königs", erklärte der bullige Krieger, der sich neben den arabischen Gast gestellt hatte. Der nackte Mann nahm ein Holzscheit von dem Stapel und entzündete es an der Feuerstelle. Dann schritt er rückwärts auf das Schiff zu und warf das brennende Scheit über seine Schulter auf das Schiff. Jetzt entzündeten auch die Krieger ihre Holzscheite, mit denen sie zuvor auf ihre Schilde geschlagen hatten, und warfen diese, einer nach dem anderen, zwischen das Holz, welches man unter und neben dem Schiff angehäuft hatte. Ein heftiger Steppenwind ließ das Feuer schnell lodern, und bald züngelten die Flammen in den Himmel empor. Da wandte sich der Krieger noch einmal dem Araber und seinem Diener zu. „Ihr Araber seid wenig klug", sprach er zu den Gästen. „Die Menschen, die ihr liebt und ehrt, lasst ihr in die kalte Erde hinab, auf dass sie dem Gewürm zur Nahrung dienen. Wir verbrennen unsere Toten, und die Walküren, die Töchter Odins, tragen sie mit dem Wind nach Walhalla!"

Wenige Tage später war Mohamed Ibn Fadlan wieder nach Etil zurückgekehrt. Unversehrt an Leib und Leben hatten die Waräger ihn ziehen lassen. Und sofort begannen die Jarle mit ihrer Zusammenkunft, um aus ihren Reihen einen neuen Seekönig zu wählen.

Schon am Morgen des folgenden Tages, nach der Rückkehr des Gelehrten, verließ die arabische Abordnung die Stadt, und sie fuhren mit ihrem Schiff der Wolga folgend in das Land der Bulgaren. Die Waräger dagegen überfielen unter der Führung ihres neuen Seekönigs die Chasarenstadt Etil und opferten viele Bewohner der Meeresgöttin Ran, in der Hoffnung, dass sie von allem Bösen abließ, das sie den Nordleuten zugedacht hatte. Danach fuhr die Warägerflotte in das Kaspische Meer, um nach Miklagard zu segeln, denn dort erhofften sie sich fette Beute. Gegen Abend wurde der Wind heftiger, und der Sturm peitschte die Wellen auf die Planken. Graue Wolken türmten sich zu einer schwarzen, Furcht einflössenden Wand auf, der die Flotte entgegen segelte. Die zornige Meeresgöttin hatte die Opfer der Waräger verschmäht, denn ein schwefelgelber Schein, der die Wolken umgab, und erste Blitze in der Ferne kündigten das Unwetter an. Plötzlich tauchte ein kräftiger Blitz die dunkle See in ein helles Licht, und ein dröhnender Donnerschlag öffnete die Schleusen des Himmels.

„Oh Thor, verschone uns!", riefen einige, und andere flehten um die Hilfe des Meeresgottes Ägir, der sein Weib Ran beruhigen sollte. Die ganze Nacht über hatte der Orkan gewütet, und nur wenige Tage später schwemmten die Wellen mehrere Drachenköpfe, die einmal die Vordersteven der Wikingerschiffe geziert hatten, in den Sand des Ufers.

*

8. Freydis

L angsam lehnte sich Leif Eriksson in seinem mit einem weißen Bärenfell überzogenen Hochstuhl zurück und sah den Mann, der vor ihm stand, mit ernster Miene an. „Deine Anschuldigungen gegen meine Schwester sind schwerwiegend und sehr gewagt, Helgi! Doch entsprechen sie auch der Wahrheit? Wenn du mich nicht überzeugen kannst, sehe ich sie als Beleidigung gegen meine Sippe."

„Leif Eriksson, ich hätte sicher den direkten Weg nach Island gewählt, wenn ich es nicht für dringend notwendig gehalten hätte, dass du von den Schandtaten der Freydis erfährst", sprach Helgi und sah den Grönländer finster an.

„Ich habe den beschwerlichen Weg nach Grönland auf mich genommen, und wenn du mir meine Worte nicht glauben willst, so kann ich die Kinder des Finnbogi vor deinen Stuhl führen, die mit eigenen Augen die Gräueltat sahen", sagte der Isländer Helgi erbost, und der Mann, der mit ihm gekommen war, nickte zustimmend.

Leif kratzte sich nachdenklich seinen Bart. Er kannte seine Halbschwester Freydis, die sein Vater mit einer Konkubine gezeugt hatte, recht gut, und er wusste, dass sie zu solchen Taten fähig war. Da nickte er und sprach: „Beruhige dich, Helgi. Ich will dich ja anhören." Er erhob sich von seinem Hochstuhl und bat die Männer, von denen der eine ihm gut bekannt war, denn er kam aus der Ostsiedlung, an einem der großen Tische in der Gästehalle Platz zu nehmen. Nun war Helgi Gast im Hause des Herrn über Grönland, und er wusste, ihm würde kein Leid geschehen.

Ernst sah der Eriksson den Helgi nun an. „Erzähle, was du weißt, sodass ich dir Glauben schenken kann. Doch sollte sich deine Geschichte als Lüge erweisen, wirst du nie wieder einen Fuß auf grönländischen Boden setzen können! Es würde dich dein Leben kosten, Helgi!"

Helgi nickte zustimmend und war sich gewiss, dass Leif sein Wort halten würde. „Also Helgi, erzähle mir, was in Vinland geschah."

Das Weib des Erik und eine junge Magd brachten einige Becher und einen großen Krug, gefüllt mit kühlem Bier. Und während sich die Hausherrin an dem Tisch niederließ, verschwand die Magd wieder in den hinteren Teil des Hauses. Die Männer und das Weib hoben ihre Becher und tranken, dann begann Helgi zu berichten. „Als wir in Island die Nachricht von der bevorstehenden Vinlandfahrt des Thorvardur und seines Weibes hörten, machten sich der Finnbogi und ich auf den Weg nach Grönland."

„Das weiß ich doch, schließlich war ich hier, als ihr ankamt", drängte Leif den Erzähler.

„Viele Menschen hatten wir an Bord unserer Schiffe, die eine neue Heimat suchten und die die Erzählungen von den Reichtümern Vinlands in die Fremde lockten."

Ungeduldig sah Leif den Isländer an, denn all dies hatte er ja selbst miterlebt. Den Tag, an dem die beiden Schiffe in den Hafen der Ostsiedlung gesegelt waren. Den Stolz in den Augen seiner Schwester und deren Ehemann Thorvardur, da sie nun selbst eine Expedition in das verheißungsvolle Land führen würden. Und Leif ahnte damals schon, worum es dem Schwager und vor allem der Freydis bei dieser Reise ging. Obwohl er diesen Teil der Geschichte bereits kannte, ließ er auf Grund eines bösen Blickes seines Weibes den Helgi nun die Saga erzählen, fiel diesem nicht mehr ins Wort und hörte schweigend zu.

„Es war zu der Zeit, als der Schnee schmolz und wir das Jahr 1012 schrieben. Wir waren sicher, das der allmächtige Herr Christus uns sein Heil schenken würde, obwohl unsere Anführer noch den alten Göttern huldigten. Sogar einen Priester hatten wir an Bord genommen, und daher waren wir bester Dinge, als wir endlich in See stachen, um das Land zu finden, das du einst entdeckt hast", berichtete Helgi mit ruhigen Worten.

„Mit unseren drei Schiffen segelten wir nach Südwesten, und der Finnbogi so wie auch ich folgten dem Knarr des Thorvardur, da dieser den Weg von einer früheren Expedition ja schon kannte!" Helgi schüttelte enttäuscht und wohl auch zornig seinen Kopf. „Niemand von uns ahnte, dass wir dem leibhaftigen Gehörnten und seinem bösen Weib folgten!"

Leif hob über diesen Ausspruch verwundert und auch ein wenig verärgert seine Brauen. „Oh, das kann ich mir gut vorstellen", sprach da die Frau des Leif Eriksson, die gespannt der Saga des Isländers folgte. „Was redest du da, Weib?" Leif wandte sich erbost seiner Frau zu. „Sie gehören doch zu unserer Sippe!"

„Ach Leif", sagte sie nun etwas mitleidig. „Deine Schwester Freydis ist ein schlechter Mensch, und alle Bewohner in der Ostsiedlung wissen das. Sie glaubt immer noch an den einäugigen Teufel Odin und verhöhnt den Christenglauben!"

„Du willst sagen, du glaubst dem Helgi seine Geschichte?"

„Jedes Wort!" Ihre Stimme klang fest und ohne jeden Zweifel. „Und ich denke, auch du solltest ihm gut zuhören." Sie sah den Helgi freundlich an und nickte, auf dass dieser mit seiner Saga fortfahren sollte. „Wir hatten eine ruhige Überfahrt", sprach der Isländer, „und bald sahen wir Land. Wir folgten der Küste und fanden die Bucht, in der sich dein altes Lager befand."

Leif selbst füllte dem Gast erneut seinen Becher mit Bier, und Helgi trank zügig. „Die Häuser die du einst erbaut hast, waren immer noch in gutem Zustand. Doch sie reichten nicht aus für all die Menschen, die mit uns kamen. So kam es zu einem ersten Streit zwischen dem Thorvardur, dem Finnbogi und mir. Denn die Freydis beanspruchte die

Häuser für sich und die Leute, die mit ihr an Bord des Schiffes waren!"

Der Gesichtsausdruck des Herrn von Brattahlid wurde zusehends grimmiger, denn dies sah seiner Halbschwester ähnlich.

„Von den giftigen Worten der Freydis aufgehetzt, wurde Thorvardur immer brutaler und herrschsüchtiger. Er spielte sich als Häuptling auf, worauf hin wir oft in Streit gerieten! So kam es, dass wir uns schon kurz nach der Ankunft trennten." Helgi beobachtete, während er sprach, genau das Gesicht des Leif Eriksson, um darin dessen Gedanken zu lesen. Und er erkannte, dass seine Worte den Grönländer zunehmend verärgerten. „Finnbogi und ich beschlossen daraufhin, eigene Siedlungen zu errichten. So gingen auch wir auseinander und suchten geeignetes Land."

Leif schüttelte erbost und ungläubig über so viel Dummheit seinen Kopf. „Es ist nicht gut, wenn sich die Nordleute in einem fremden Land entzweien. Nein, es ist sogar ausgesprochen dumm! Sie sollten an einem Strang ziehen, damit sie vereint und stark den Feinden entgegen treten können! Wie ich von dem Thorfinn Karlsefni nach seiner Ankunft aus Vinland erfuhr, haben sich die Skraelinge", so hatte Leif damals die Eingeborenen von Vinland genannt, „als stolze und im Kampf erprobte Krieger erwiesen."

Helgi nickte zustimmend.

„Ja, so ist es! Sie sind wahrlich keine Feiglinge, und unsere Trennung war sicher ein Fehler. Doch nicht die Skraelinge waren unser größtes Problem!"

Er nahm einen tiefen Schluck aus seinem Becher.

„Die Siedlungen des Finnbogi und die meine waren in Freundschaft verbunden. Nicht aber die des Thorvardur!"

Noch einmal setzte er den Becher an und leerte diesen, worauf das Weib des Leif noch einmal nachschenkte.

Da wollte sein Begleiter das Wort ergreifen, doch Helgi legte ihm seine Hand auf den Arm, auf dass er schweigen sollte, und fuhr selbst mit der Erzählung fort: „Dann kam die Zeit, in der wir begannen die Vorräte für den nahen Winter heranzuschaffen. Wir sammelten Beeren und Nüsse. Ernteten den wilden Weizen auf unseren Feldern und gingen auf die Jagd." Er sah den Mann neben sich an und nickte diesem zu. „Dieser hier ist Björn, der Sohn des Segelmachers Kjetil. Er ist dir sicher bekannt, denn er ist aus Grönland und gehörte zur Schiffsbesatzung des Thorvardur!"

„Ja", sprach Leif. „Ich kenne dich aus der Ostsiedlung. Du begleitest deinen Vater Kjetil alljährlich auf die große Ratsversammlung am Thingplatz. Doch warum bist du hier bei Helgi, wenn du zum Gefolge des Thorvardur gehörst?"

„Der Thorvardur und vor allem sein Weib Freydis waren mir schon bald zuwider! Darum schloss ich mich nach dem unheilvollen Tag dem Helgi an. Aber ich habe all das miterlebt, was in Vinland geschah!"

Da unterbrach der Grönländer seinen Landsmann und rief laut: „Sigrun, bring Bier!" Dann nickte er dem Björn zu, und dieser fuhr fort: „Der Thorger, du müsstest auch ihn kennen, Leif, kam von der Jagd zurück in die Siedlung, und er war äußerst erzürnt. Auf die Frage des Thorvardur, warum er so zornig sei, antwortete dieser, einen großen Bock erspäht zu haben, welcher aber vom Pfeil eines Jägers des Finnbogi erlegt wurde. So hatte er nur zwei mickrige Hasen erbeuten können, ärgerte sich Thorger. Da plötzlich erzürnte die Freydis auf das Heftigste und schäumte vor Wut, da sie das Gespräch der beiden Männer zufällig mit angehört hatte. Sie sei schließlich die Schwester des Mannes, der dieses Land für die Nordleute entdeckt habe, und sie allein hätte zu bestimmen, wer das Wild in den Wäldern jagen dürfe!"

Sigrun, die Magd, trat heran und stellte einen gefüllten Krug auf den Tisch. Dabei verharrte sie einen Moment, wohl aus Neugier, um zu hören, was gesprochen wurde.

„Es ist gut", sagte die Hausherrin schroff. „Verschwinde, neugierige Gans!" Da trollte sich die Sigrun, und der Björn fuhr mit seiner Erzählung fort. „Deine Schwester war außer sich und beschimpfte ihren Mann als Feigling, der nicht in der Lage sei, seinen Besitz zu verteidigen!"

„Auch dem Thorger warf sie vor, seine Beute nicht zur Genüge verteidigt zu haben, und als dieser dem wütenden Weib erwiderte, dass es doch genug Wild in den Wäldern gebe, als dass er sich darum schlagen müsse, musste er die schlimmsten Beschimpfungen über sich ergehen lassen!"

„Und die Männer ließen sich diese Frechheiten von einem Weib gefallen?", fragte Leif erstaunt. „Hätten sie ihr doch einen Stein um den Hals gebunden und sie in einem See ersäuft!" Er begann herzhaft zu lachen, doch seinen Gästen stand der Sinn nicht nach Späßen. Helgi schüttelte seinen Kopf und sprach: „Sie ist ein Weib aus der Sippe Erik des Roten, und außerdem hat sie mit Thorvardur einen kräftigen Mann an ihrer Seite!"

Leif, der Herr über Brattahlid und ganz Grönland, schüttelte ungläubig seinen Kopf und mochte es kaum glauben, was sich seine Halbschwester herausnahm, geschützt durch den Namen der Sippe. „Wie ging es weiter?", fragte er neugierig, und Björn fuhr fort: „Zuerst wandte sich die Freydis an die Frauen der Siedlung. Sie flüsterte ihnen ein, dass man nicht genügend Nahrung für den Winter sammeln könne und dass der sichere Hungertod drohe."

„So trieb sie es schon in der Ostsiedlung", beschuldigte die Hausherrin ihre Schwägerin. War Leif wirklich so blind gewesen, dass er das Wirken seiner Halbschwester nie wahrgenommen hatte?

„So säte sie also Zwietracht unter den Menschen, die ihr folgten!"

„Oh, warte es ab, Leif", sprach Helgi. „Es kommt noch schlimmer!"

„Der Finnbogi hatte mit der Wahl des Landes, auf das er seine Siedlung erbaut hatte, großes Glück. Seine großen Weizenfelder gaben sehr viel mehr an Ertrag her als die Felder des Thorvardur oder auch die an meiner Siedlung", sagte Helgi ohne Neid. „Und auch sehr viel mehr Reben von süßem Wein ernteten die Leute des Finnbogi. Denn auf den Hügeln, die sein Dorf umgaben, wuchsen die Trauben in großen Mengen!" „Dies schürte den Neid der Freydis jedoch noch mehr", sprach nun Björn. „Und auch den Thorvardur wiegelte das Weib mehr und mehr gegen den Finnbogi auf. Der Kerl habe ihm die Gefolgschaft verweigert, sagte sie. Denn schließlich sei ja ihr Mann derjenige, der diese Expedition anführte."

„Thorvardur ließ fortan kein gutes Haar mehr an Finnbogi und Helgi, wenn diese zur Sprache kamen", erzählte der Sohn des Segelmachers. „Und manchmal, im Suff, da sprach er sogar davon, diese mit der Macht des Schwertes aus Vinland zu verjagen!"

Leif Eriksson hörte den Männern aufmerksam zu, und sein Gesichtsausdruck verdunkelte sich wie der Himmel, wenn ein heftiges Gewitter drohte. Die Worte, die er über seine Sippenangehörigen hören musste, gefielen ihm ganz und gar nicht. Und Björn erkannte dies, doch wollte er die Wahrheit sagen und das böse Weib sowie ihren Mann nicht schonen.

„Doch die Freydis gab sich nicht mehr mit Worten zufrieden. Sie wollte Taten sehen, denn sie wollte herrschen!" Björn sah den Leif mit versteinertem Blick an. „Und deine Schwester sorgte dafür, dass den Worten auch Taten folgten!"

Der Seefahrer nahm einen tiefen Schluck aus seinem
Becher, den das Weib Leifs ihm gefüllt hatte. Er trank und
sprach dann mit zorniger Stimme weiter: „Es begann damit,
dass deine Schwester nun immer öfter zur Siedlung des
Finnbogi ging. Keiner in unserer Siedlung wusste, warum
sie dies tat. Alle wunderten sich, denn der Finnbogi schien
ihr doch verhasst zu sein. Keiner aber fragte sie danach.
Später erfuhren wir, dass sie einigen Männern in der
Siedlung den Kopf verdreht hatte, sich ihnen hingab und
dass es im Lager des Finnbogi zu eifersüchtigen
Streitigkeiten kam. Und auch unter den Frauen verbreitete
sie Lügen, sorgte für Missgunst und säte Zwietracht."
„So wurde die Stimmung in der Siedlung des Finnbogi
immer schlechter", stellte Leif Eriksson fest. Björn nickte.
„Und eines Tages jagten die erbosten Frauen die Freydis aus
dem Dorf!"
Empört schüttelte die Hausherrin ihren Kopf, und obwohl
sie die Bosheit ihrer Schwägerin nur zu gut kannte, war sie
doch über das Gehörte entsetzt. Und es gab für sie keinen
Zweifel daran, das Helgi und Björn die Wahrheit sprachen.
„Als Freydis in unser Dorf zurückkehrte, war ihr Haar
zerzaust, ihr Kleid war in Fetzen, die Brust war entblößt,
und sie weinte bitterlich!" „Pah!", entfuhr es dem Leif
verächtlich, denn er ahnte wohl, wie es weitergehen würde.
„Schluchzend trat sie vor ihren Gemahl und klagte die
Männer des Finnbogi an, sie gegen ihren Willen und mit
grober Gewalt genommen zu haben. Mit besten Absichten
und in Freundschaft sei sie in das Dorf gegangen, und
trotzdem habe man ihr dieses Leid angetan, als sei sie ein
Feind. Da schäumte der Thorvardur vor Wut und schwor,
Rache zu nehmen an dem Finnbogi und seiner ganzen
Gefolgschaft."
„In dem Dorf meines Landsmannes ahnte man von all dem
nichts. Ich weiß es, da ich zur gleichen Zeit wie die Freydis

in der Siedlung zu Gast war und an dem Tisch des Finnbogi saß. Das Unglück muss geschehen sein, nachdem ich die Siedlung verlassen hatte", fiel Helgi dem Björn ins Wort. „Alle Männer im Gefolge des Thorvardur waren bereit für die Schmach, die die Freydis erlitten hatte, blutige Vergeltung zu nehmen", sprach nun wieder Björn. „Sofort zogen wir kriegslüstern dem Feind entgegen und taten, was wir glaubten tun zu müssen! Thorvardur lobte die Kraft Odins und erflehte von Thor den Sieg. Und viele der bereits getauften Männer riefen wieder den Namen des nordischen Göttervaters." Scham war in der Stimme des Björn, und Leif ahnte, dass er einer dieser Männer gewesen war. „Ohne den Anführer der Siedlung vorher zu befragen, griffen wir an. Und die Überraschung war groß! Die meisten Krieger des Finnbogi starben ohne Waffe in Händen. Thorvardur selbst hatte dem Finnbogi sein scharfes Eisen gegen den Kopf geschlagen, sodass dieser mit gespaltenem Haupt und von Blut überströmt zu Boden sank. Als die Verteidiger zu ihren Waffen griffen, waren sie bereits in der Unterzahl." Björn senkte den Kopf. „Es war wahrlich kein ehrenvoller Kampf. Ein hinterhältiger Überfall! Und ich muss zu meiner Schande gestehen, der Herr Christus möge mir meine Taten vergeben, dass ich daran beteiligt war. Aber ich tötete keinen unbewaffneten Mann", sprach er entschuldigend. Leif sah Björn mit strengem Blick an. „Ich kann dir deine Taten verzeihen, denn du bist deinem Gefolgschaftseid treu geblieben. Doch ob der Herr dir diese Sünden vergibt, weiß ich nicht zu sagen."

Björn war froh, dass er bei Leif Eriksson nicht in Ungnade gefallen war, denn er wollte weiterhin mit seiner Familie in Grönland leben. „Ich danke dir, Leif", sagte er, doch der Herr von Bratthlid winkte ab. „Erzähle weiter. Was geschah dann?"

„Der Kampf währte nicht lang, denn er wurde in aller Härte und ohne Gnade geführt", sagte der Sohn des Segelmachers. Da fuhr Helgi erzürnt von seinem Platz auf und rief vorwurfsvoll: „Ihr habt gewütet wie der Fuchs im Hühnerstall! Wie der Gehörnte selbst habt ihr den Tod gebracht!" Der Zorn stand dem Mann in sein Gesicht geschrieben. „Als wir später in das Dorf kamen, war der Anblick kaum zu ertragen." Er nahm wieder Platz, denn der warnende Blick des Hausherrn war ihm nicht entgangen, so zwang er sich zur Ruhe. „Einige Kinder, die den wütenden Angriff überlebt hatten, waren in unsere Siedlung gekommen und berichteten uns unter heißen Tränen von dem Überfall, bei dem ihre Eltern starben. Sofort sammelte ich meine Krieger und zog zu der Siedlung des Finnbogi." Traurig schüttelte der Isländer Helgi seinen Kopf. „Alle waren tot! Keiner hatte den Angriff des Thorvardur überlebt. Kein Mann, kein Weib und auch kein Kind!"
„Und du?", fragte Leif den Björn mit bösem Blick und voller Tadel in seiner Stimme. „Du scheinst mir doch ein gottesfürchtiger Mann zu sein, denn du sorgst dich um dein Seelenheil. Wie konntest du dich dann an so einem ehrlosen Gemetzel beteiligen, Björn?"
„Björn kam kurz darauf in unser Dorf", verteidigte nun der Helgi den Mann. „Von ihm erfuhren wir, was geschehen war. Und er hat sich von Thorvardur losgesagt, denn dieser sei ein Asenanbeter und wenig ehrenvoll. Doch es gibt noch mehr zu berichten."
Helgi nickte dem Björn zu. „Sprich", sagte der Isländer ruhig, und dieser berichtete weiter. „Bäche von Blut rannen durch das Dorf. Ob Mensch oder Tier waren alle dahin geschlachtet und lagen leblos im Staub des Dorfplatzes, auf den Schwellen ihrer Hütten und in den Gattern der Schweine. Der Sturm der Wut hatte sich gelegt, als plötzlich ein Krieger in einem der Langhäuser fünf Frauen entdeckte,

die sich dort verborgen gehalten hatten. Da beschworen die Männer den Anführer, ihnen kein Leid mehr zuzufügen, denn es sei genug Blut geflossen. Und weil er es sich mit den Kriegern nicht verscherzen wollte, willigte der Thorvardur zähneknirschend ein."

Leif nickte seinem Weib zu. „Das ist gut, schließlich hat dieser Narr genug Unheil angerichtet!"

„Oh, höre erst weiter, Leif", sagte Helgi mit bösem Blick. „Nehmen die Schandtaten denn gar kein Ende?", fragte der Herr von Brattahlid. „Es war die Freydis", sprach Björn, „die als einziges Weib an dem Kriegszug teilgenommen hatte, und die nun zornig schrie, wir seien alle Feiglinge. Odin verlange nach dem Blut aller Bewohner dieser Siedlung, und es dürfe keine Gnade geben! Alle sollten sterben!" Nun griff Björn nach seinem Becher und trank daraus, denn ihm wurde der Mund trocken, und außerdem war es ihm unangenehm, fortzufahren. Doch Leif drängte ihn. „Los sprich weiter! Was war mit der Freydis?"

„Keiner der Männer rührte sich, um den Befehl der Erikstochter auszuführen. Auch nicht der Thorvardur", sprach er. „Da entriss sie ihrem Gemahl die Streitaxt aus den Händen und rief, sie werde die Weiber mit eigener Hand in Stücke schlagen. Dann stürmte sie in das Langhaus hinein, und die gellenden Schreie der fünf Frauen hallten über den Platz und verrieten uns, was in dem Haus geschah."

Voller Entsetzen starrte das Weib des Leif Eriksson den Gast an. Doch es kam kein Wort über ihre Lippen.

„Als die Freydis wieder ins Freie trat, triefte das Blut vom Blatt der Axt, und viele der Männer blickten die rothaarige Furie erschüttert an. Und als sie sah, dass einige Kinder den Angriff überlebt hatten und in den Wald flohen, wollte sie auch diese erschlagen. Doch diesmal stellte sich einer der

Krieger mit gezogener Klinge der Wütenden entgegen und drohte sie zu töten. So entkamen die Kinder aus dem Dorf."

„Du warst dieser Krieger, Björn", stellte die Hausherrin fest, und der Sohn des Segelmachers senkte verlegen den Kopf.

„Solch eine Grausamkeit hatte keiner von einem Weib erwartet. Auch nicht von der Freydis", sprach Björn streng.

„Doch viel schlimmer war, dass Thorvardur die Missachtung seines Befehls nicht bestrafte, so murrten die Männer und der Anführer verlor viel Ansehen.

„Einige Tage später kam Björn in mein Lager und berichtete mir von der Gräueltat der Freydis", ergriff nun Helgi wieder das Wort. „Wir waren jetzt gewarnt, und die Besorgnis war groß, dass die Wut der Freydis sich nun auch gegen unsere Siedlung wenden würde!"

„Dies war wohl anzunehmen, auch wenn nun eine Zeit der Ruhe einkehrte. Doch als unsere Siedlung einmal von den Skraelingen angegriffen wurde, verweigerte der Thorvardur uns die Hilfe", empörte sich Björn. „Ja, so war es!"

„Keiner von uns wollte in einem Hinterhalt sterben. Und darum beschlossen wir, die Lagerräume unseres Schiffes zu füllen und in die Heimat zu segeln!" Das Gesicht des Isländers Helgi zeigte sowohl Trauer als auch Wut über diese Entscheidung. „Doch bevor ich heim nach Island segle, wollte ich dir aus eigenem Munde berichten, was geschah. Schließlich gehört die Freydis zu deiner Sippe!" Ohne dass Helgi es wollte, lag ein vorwurfsvoller Klang in seiner Stimme.

Wie abwesend starrte der Herr über Grönland auf die hölzerne Tischplatte. Für einen langen Moment schwieg Leif, der Sohn Erik des Roten, und in den Augen seines Weibes sah er Tränen. Tränen der Scham, Tränen der Wut und Tränen der Trauer. Und auch die Gäste schwiegen nun. Und an dem Ausdruck des Gesichtes ihres Gegenübers erkannten die beiden Männer, dass wenn Freydis in diesem

Moment anwesend gewesen wäre, weder ihr geliebter Göttervater Odin noch der Gott der Christen ihr Leben hätten retten können.

„Dieses elende Weib", grummelte Leif in seinen Bart. „Frauen und Kinder hat sie erschlagen. Schande bringt sie über meine Sippe." Er richtete sich auf und reichte erst dem Helgi und dann dem Björn seine Hand. „Es ist gut, dass du kamst", sprach Leif an den Isländer gerichtet, und Helgi gab ihm zur Antwort: „Du bist ein ehrenvoller Mann, Leif Eriksson. Ich weiß, dass Freydis und der Thorvardur ihrer Strafe nicht entgehen werden. Also kann ich nun beruhigt nach Island segeln."

*

Es war nicht wenig Freude und Stolz in der Freydis Eriksdottir, als sie davon erfuhr, dass die Siedlung des Helgi verlassen war. Ohne einen weiteren Schwertstreich war es ihr gelungen, die anderen Nordleute zu vertreiben. Nun hatte sie all die Schätze Vinlands für sich allein. Sie würde es ihrem Vater gleich tun und in dem fremden Land herrschen, so wie er es einst in Grönland tat. Den Thorvardur würde sie nach Island und nach Norwegen schicken, denn er sollte Menschen in das neue Land bringen, um dieses weiter zu besiedeln. Der Kerl war sowieso wie Butter in ihrer Hand, und er tat meist, was die Rothaarige wollte. Ja, sie würde reich sein, dachte sie. Reich wie eine Königin!
Allzu lang sollte aber die Freude des Weibes nicht währen. Nun, da die meisten Nordmänner abgezogen waren, gab es nur noch eine Siedlung und wenige Höfe in Vinland, gegen die sich die Angriffe der Skraelinge richteten.
Die Eingeborenen sahen sich durch den raschen Abzug der Weißhaarigen in ihren Taten bestätigt, und so kam es immer öfter zu blutigen Auseinandersetzungen zwischen den

Kriegern, die ihre Gesichter mit roter Farbe bemalten, und den Nordleuten. Schon bald begann der Thorvardur sein Verhalten gegenüber dem Finnbogi und dem Helgi zu bereuen, und er fluchte über die Freydis. Seine Zweifel, die Siedlung halten zu können, wuchsen, seine Gefolgschaft jedoch setzte sich in diesem Kampf gegen die Einheimischen verbissen zur Wehr. Sogar die Weiber griffen zu den Waffen und kämpften mit größter Wut. Allen voran war es die Freydis, die den Männern im Umgang mit Schwert und Axt ebenbürtig war, denn der rote Erik hatte nicht nur seine Söhne den Gebrauch der Waffen gelehrt.

Bis in den folgenden Sommer trotzten sie den Angreifern, und oft wateten sie im Blut der Feinde, doch es starben auch immer wieder die eigenen Leute. Eines Tages, sie hatten wieder einmal einen Krieger bestattet, entschied der Thorvardur, Vinland zu verlassen, solange es noch genügend Männer gab, die die Ruder in die Fluten tauchen konnten. Sie beluden ihr Schiff schwer mit den Gütern des Landes und segelten dann nach Grönland zurück.

Als das Schiff nach einer rauen Überfahrt an einem der Anlegestege im Hafen der Ostsiedlung festgemacht hatte, wurden sie von den Bewohnern begrüßt. Doch die Freude über das Wiedersehen war verhalten, und bis auf die Angehörigen der Vinlandfahrer jubelte kaum einer. Die Nachricht von den Taten des Anführers und seines Weibes hatten sich in ganz Grönland herumgesprochen. Kaum einer hieß sie gut und dies sollte Thorvardur auch bald zu spüren bekommen. Niemand wollte von einem Mann Ware kaufen, der seine Landsleute, seine Gefolgschaft gar, aus Habgier getötet hatte. Dieser Kerl war ehrlos, und wenn doch einer der Verlockung eines guten Angebotes des Thorvardur erliegen wollte, kam ein Freund oder Nachbar und wies den

Käufer zurecht, sodass er doch die Finger von dem Geschäft
ließ. Und der Freydis erging es nicht anders. Ihre Sippe trat
ihr äußerst zurückhaltend gegenüber. Allen voran Leif
Eriksson, der seiner Schwester sogar die Unterkunft auf
Bratthlid verweigerte.

Schon wenige Tage nach der Ankunft des Schiffes ließ das
Oberhaupt der Siedler in Grönland seine Schwester und
ihren Mann in die große Halle vor den Thingrat rufen.

Die Methalle war zum Bersten gefüllt. Fast alle Freien der
Ostsiedlung und auch die Bauern der Umgebung waren
anwesend. Alle Männer, die dem Thingrat angehörten,
hatten sich um Leif versammelt und auf den Stühlen Platz
genommen, die zu beiden Seiten des Hochstuhles, der
einmal Erik dem Roten gehört hatte, aufgestellt waren. Es
wurde laut und durcheinander gesprochen, und es kehrte erst
Ruhe ein, als Leif Eriksson laut in die Halle rief. Der
Anführer forderte nun den Thorvardur auf, vor seinen
Hochstuhl zu treten. Dieser folgte dem Ruf, begleitet von
seinem Weib. Die Männer sahen die Freydis verwundert an,
denn ihr war es als Frau nicht gestattet, sich vor dem Rat zu
rechtfertigen.

„Was soll das, Bruder?", fragte die Freydis schroff.

Da blaffte Leif seine Schwester böse an: „Schweig, Weib!
Und nenne mich nicht Bruder!" Erschrocken sah sie den
Eriksson an. „Du hast den Namen und die Ehre unserer
Sippe auf das Übelste beschmutzt!", rief er wütend.

Da ergriff einer der Männer des Rates, sein Name war Olaf,
das Wort, damit nicht ein lautstarker Streit zwischen den
Geschwistern entbrannte. „Es sind schwere
Anschuldigungen gegen dich und dein Weib erhoben
worden, Thorvardur", sagte Olaf in ruhigem Ton und sah
dabei die Freydis böse an, um ihr zu zeigen, sie möge ihren
Mund halten. „Du sollst die Siedlung eines deiner
Gefolgsleute, die des Finnbogi, überfallen und alle

Menschen darin, derer du habhaft wurdest, erschlagen haben!" Thorvardur schwieg, und ein jeder der Anwesenden sah ihm sein schlechtes Gewissen an.

„Man hat uns bedrängt", log Freydis und wurde für ihren Zwischenruf ermahnt. „Du sollst schweigen, Weib! Zu dir kommen wir noch!", fuhr Leif wütend seine Schwester an.

„Was hast du zu diesen Vorwürfen zu sagen, Thorvardur?", fragte Olaf streng. Der Angesprochene fühlte sich in seiner Haut überhaupt nicht wohl, denn er war kein guter Redner, und die Anschuldigungen wogen schwer. „Mein Weib wurde im Lager des Finnbogi von dessen Männern geschändet", rief der Beschuldigte empört aus. „Sollte ich diese Tat ungesühnt lassen?"

„Der Gedanke, dass dein Weib dich belogen hat, kam dir nicht in den Sinn?", rügte Leif seinen Schwager. Da ergriff wieder Olaf das Wort. „Uns wurde die Geschichte ganz anders zugetragen." Dem ernsten Blick des Mannes konnte Thorvardur kaum standhalten, und dies ärgerte ihn. Hier konnte er nicht sein Schwert ziehen und es anstelle seiner Zunge sprechen lassen. „Und es war dir auch nicht genug, gegen die Männer zu kämpfen. Nein! Auch die Frauen und Kinder der Siedlung mussten durch die Klingen eurer Schwerter sterben!"

Nun senkte der Ehemann der Freydis schweigend sein Haupt, denn er fand keine Worte mehr, die diese Tat entschuldigen konnten.

„Dein Weib selbst erschlug fünf Frauen mit eigener Hand", warf nun Leif seinem Schwager vor. „Und sie tat dies aus Rache und mit größter Freude!" Thorvardur konnte sich nur noch wundern. Woher wussten sie all dies?

„Ich tat es, weil…", weiter kam Freydis mit ihrem Einwand nicht. Leif war aufgesprungen und schrie seine Schwester zornig an: „Schweige, Freydis Eriksdottir! Du hast kein Recht, hier zu sprechen. Also halte dein Lügenmaul geschlossen!" Olaf legte dem wütenden Leif beruhigend seine Hand auf den Arm und sprach mit ruhiger, dunkler Stimme zu dem Weib: „Dies ist ein Thinggericht, und du bist eine Frau. Du weißt es genau, Freydis, dass dein Mann für dich hier sprechen muss!"

Doch Thorvardur schwieg. Da trat Freydis einige Schritte vor, und so stand sie nur zwei Armeslängen von ihrem Bruder entfernt. Viele Männer in der Halle waren bereits erbost über die Frechheit der Erikstochter. Aber es gab auch einige, die den Mut der rothaarigen Frau bewunderten. „Du bist ein übler Heuchler, Leif. Du huldigst einem Sklavengott, anstatt dem Odin seine Opfer darzubringen, wie es sich für einen guten Nordmann gehört", sprach sie wütend. „Eure ständige Beterei hat einen Weichling aus dir gemacht, Leif Eriksson! Du solltest euren Pfaffen in Stücke schlagen, dann wird dir Odin vielleicht deinen Frevel verzeihen!"

„Du sprichst wirr, dumme Gans. Ich bin sicher kein Weichling, und der Herr Christus ist der wahre Gott", sagte Leif ruhig, aber mit scharfer Stimme. Er sah sich in der Halle um, sah in die fragenden und wartenden Augen der Anwesenden. „Ich bin das Oberhaupt unserer Sippe, und ich sage dir, dass du nicht länger zu dieser Sippe gehörst, Freydis! Ich verstoße dich und auch den Thorvardur, dessen Schwager ich nicht mehr bin!"

Nun endlich schwieg das Weib mit größtem Entsetzen in ihrem Gesicht, und wenig später verkündete der Thingrat, dass der Thorvardur und seine Frau Grönland verlassen müssten.

Freydis, die Tochter Erik des Roten, verließ ihre Heimat, und sie sollte nie wieder einen Fuß auf das Land setzen, das ihr Vater einst besiedelt hatte.

*

„Wikingerwelten" Band I

„Wikingerwelten" ist eine Sammlung von historischen Begebenheiten und nordischen Sagen, die durch die Phantasie des Autors noch einmal zum Leben erweckt werden.
Er erzählt die Geschichte wie aus dem Norweger Rollo, der Begründer der Normandie wurde oder von einem bekehrungswütigen Priester der auf Island sein Unwesen trieb. Von dem jungen Grönländer Leif Eriksson, der einer Erzählung folgend, fünfhundert Jahre vor Columbus das Land entdeckte, das man heute Amerika nennt. Und er erzählt die Lebensgeschichte des heidnischen Wikingerkönigs Olaf, der zum überzeugten Christen wurde und versuchte sein Land unter dem neuen Glauben zu vereinen.

*

„Wikingerwelten Band I"
Broschiert, 140 Seiten
ISBN: 978-3-8391-1877-1

Auch als eBook erhältlich

Weitere Romane von Rainer W. Grimm

Mit „Die Saga von Erik Sigurdsson" schrieb der Autor,
die spannende Lebensgeschichte eines jungen
Norwegers, der als Sohn eines Jarls, eines Häuptlings
und Fjordgrafen, um die erste Jahrtausendwende in
die Glaubenskriege und Machtkämpfe zwischen
Norwegern, Dänen und Schweden verwickelt wird.
Hin und her gerissen, zwischen dem alten Glauben
seiner Väter, die Odin und Thor ihre Opfer brachten
und dem neuen Gott Jesus Christus, der aus den
südlichen Ländern, von den Missionaren in die eisigen
Fjorde des Norden gebracht wurde, muss Erik
Sigurdsson, bald selbst Jarl und Anführer, schwere
Schicksalsschläge ertragen. Krieg und Kampf sind der
Faden, der sich fort an durch das Leben des Jarls und
Wikingers zieht.
Die Trilogie erschien in folgenden Bänden:

„Das Blut der Wikinger"
Broschiert, 304 Seiten
ISBN: 3-8334-3957-2
*

„Die Wölfe des Nordens"
Broschiert, 316 Seiten
ISBN 10: 3-8334-6467-4
ISBN 13: 978-3-8334-6467-6
*

„Der Krieg der Könige"
Broschiert, 328 Seiten
ISBN 13: 978-3-8370-1942-1

Auch als eBooks erhältlich

„Pakt der Barbaren"

„Quinctilius Vare, legiones redde!" rief Augustus weinend. „Quinctilius Varus, gib mir meine Legionen wieder!" Von den vereinten Stämmen der Germanen, unter der Führung des Fürsten Armin besiegt, lag im Jahre 9 n. Chr. der ganze Stolz Roms, die drei besten Legionen, geschlagen im Morast der germanischen Sümpfe und Wälder. Die Angst vor den Barbaren aus dem Norden wuchs in den Straßen Roms und der Ruf nach Rache wurde immer lauter. Doch es sollten einige Jahre vergehen bis der römische Adler wieder seine Krallen in das Gebiet nördlich des Rheins schlagen würde.
Im Jahre 15 n. Chr. kommt Aulus, der Adoptivsohn des Tribuns Claudius Marcinus, als Decurio der Reiterei mit den Legionen des Gajus Julius Germanicus in die dichten Urwälder nördlich des großen Stromes. Als fünfjähriger Knabe von den Römern aus dem Land der Brukterer verschleppt und in den Lagern der Legionäre als Bursche des Tribuns aufgewachsen, tritt Aulus mit dreizehn Jahren selbst in die Legion ein und gelangt so, fünf Jahre später zu einem kräftigen jungen Mann gereift, zurück in das Land das einmal seine Heimat war. Dort erfährt er von seiner wahren Herkunft und von dem Mann, der seine Eltern tötete. Er wendet sich von den Römern ab und findet bei dem Stamm der Brukterer seine Heimat wieder. Aus dem Legionär Aulus Marcinus wird der Germane Gerowulf. Voller Hass und Enttäuschung, auf der Suche nach der Wahrheit und um Rache zu nehmen, schließt er sich den Horden des Cheruskerfürsten Armin an.

„Pakt der Barbaren"
Broschiert, 368 Seiten
ISBN-13: 978-3-7347-3807-4

*

Auch als eBook erhältlich